「悔しい、恥ずかしい、お前なんか大嫌いだ――そういう顔してるな」
細目を開けて見上げた光至の顔は、美しい悪魔のようだった。
「でも、悔しさは俺のほうが何倍も上なんだよ」

illustration
AMI OYAMADA

愛の言葉を覚えているかい

Do you remember the promise of love?

鳩村衣杏
IAN HATOMURA presents

KAIOHSHA ガッシュ文庫

CONTENTS

イラスト★小山田あみ

1

『葉桜《はざくら》の緑が目に鮮《あざ》やかな季節になりました。おはようございます、日高光至《ひだかこうし》です。』

午前八時。低い声がテレビ画面から流れたとたん、姉・聖子《しょうこ》とアルバイトのミナちゃんがキャーと歓声を上げた。

「けっ、毎朝毎朝、飽きもせず……」

俺はカウンターの中で包丁を洗いながら、画面に見入るふたりの背中につぶやいた。即座に姉貴が振り向き、意地悪そうに俺を見る。

「何よ、以和《いわ》。あんた悔しいんでしょ、幼なじみの光《こう》ちゃんがこんなに有名になって。あんたは朝から晩まで、穴子《あなご》捌《さば》いて、穴子揚《あ》げて、穴子焼いてるだけだもんねー」

ミナちゃんがふふふと笑う。

「別に悔しかねーよ。なんだ、たかがアナウンサーじゃねえか。こっちは老舗《しにせ》の三代目だぜ！」

包丁を振り上げて言った俺に、隣にいた親父が叫んだ。

「よく言った！　それでこそ『太子屋《たいしや》』の跡取りだ！」

「あったりめえよ」

「その気合いが、早いところ腕にも伝わるといいんだがなあ」

親父はハーッとため息をついた。励《はげ》ましているんだか、けなしているんだかわからない言葉に、俺は力なく包丁を下ろす。

赤江《あかえ》以和――これが俺の名前だ。ちょっとおかしな名前だが、聖徳太子《しょうとくたいし》オタクの祖父《じい》ちゃんが、憲法十七条第一条の冒頭文「和を以《もっ》て貴《とうと》しとなす」から名づけたのである。今風のシャレた名前じゃないが、俺としては気に入っている。

実家は江戸前穴子焼きの店。「太子屋」というのが店の名だ。由来は俺の名前と同じ。つまり俺は祖父ちゃん、親父ときて、二十五歳の俺が三代目を継ぐ――ことになっている。つまり俺は、名入れの板前用甚平《じんべい》姿もりりしい、将来有望な若者なわけだ。

店のメニューは蒲焼《かばや》き、白焼《しらや》き、煮付け、天ぷら、雑炊《ぞうすい》の五種類のみで、徹底的に穴子にこだわっている。と言っても、親父が若い頃は東京湾で文字どおり江戸前の穴子が獲《と》れたが、今は不漁なので、主に播磨灘《はりまなだ》のものを使っている。だが、焼き方や調理法は祖父ちゃんの時代から変わっていない。

「跡取りなんて、その家に生まれれば誰だってなれるじゃないさ。アナウンサーは違うわよ。ねー、ミナちゃん」

姉貴は言った。

「光至は跡取りのなり損《そこ》ないじゃねえかよ。何が違うってんだ。なー、ミナちゃん」

十代のミナちゃんは素直に首を振る。

「えー、違うと思いますけど……こういうの、月とスッポンって言うんでしたっけ？」

若い子の悪びれない口調に、俺は腰が砕けそうになった。

「以和さんも一応、ハンサム……ですけど、光至さんは——」

「王子様ってカンジよね。商店街のあんちゃんとは違うのよ」

姉貴の言葉に、俺は再び咬《か》みついた。

「なんだよ、あっちだって商店街育ちだろうが！」

さっきからふたりが騒いでいる日高光至というのは、実は俺の幼なじみだ。

光至は東京中央テレビ（東テレ）にアナウンサーとして勤務している。同じ二十五歳ながら、午前八時から十時までの帯のワイドショー番組「新鮮！　ハッピーテリア」に抜擢《ばってき》された。クールな美貌で、下は十代から上は八十代まで、女性中心に人気急上昇中だという。朝の番組にもかかわらず、めったに微笑まないところが「媚びなくていい」と受けているらしい。

『——日高アナは確か、ご実家がレストランなんですよね？』

テレビ画面の中、脇に座っていた女性アナウンサーが尋《たず》ねる。光至は眼鏡の奥の瞳《ひとみ》を細め、静かにうなずいた。

『ええ、フレンチです。でも、私《わたし》は洋食よりも和食のほうが好きです』

「何が『私は』だ、きどりやがって」

俺はふんと鼻を鳴らした。

「太子屋」、そして光至の実家のレストラン「パ・ド・ドゥ」は、同じ「ななつのこ商店街」の一角にある。その「ななつのこ商店街」は東テレのお膝元《ひざもと》にあり、テレビ局で栄えたと言っても過言ではない。だから、商店街出身で東テレのアナウンサーになった日高光至は、この辺の人間にとって地元の星なのだ。俺に言わせれば、実家を継いだ俺こそが地元の星だと思うのだが、世間の評価は違うらしい。

「はー、光ちゃんてばやっぱりカッコいい……」

姉貴はうっとりとため息をついた。

「昔はさあ、以和より小さかったのよ。もっと細っこかったし」

ミナちゃんは目を丸くする。

「えー、そうなんですか？　今は結構、がっちりしてますよね。背も高いし……」

「お坊ちゃんだったから、よくいじめられててさ。以和が守ってたのよ」

「えー、全然わかんない。確かに学級委員と悪ガキって感じはしますけど」

「時の流れって残酷よね。光ちゃんは見事に成長したけど、こっちは……」

8:20
8:21
太子屋

姉貴は同情するような目つきで俺を見る。

「どういう意味だよ！」

俺は姉貴に向かって、その辺にあったふきんをまるめて投げた。

「あんたたち、仕事しないなら出ておいき！」

おふくろの声が飛び、姉貴とミナちゃんは立ち上がった。「太子屋」の開店は十時だ。確かにのんびりおしゃべりしている暇はない。

そして二時間後、暖簾《のれん》を出して五分もせずにガラガラッと戸が開いた。

「邪魔するよ」

入ってきたのは、町会長の鈴木《すずき》さんだった。家業の銭湯を息子に譲《ゆず》り、今は隠居兼相談役をやっているじいさんだ。

「いらっしゃい！」

全員が一斉に声を張り上げる。鈴木さんはカウンターに座ると笑った。

「おう、相変わらず威勢がいいねえ。白焼きもらおうか。あと、熱いの一本」

十時だというのに、いきなり熱燗《あつかん》かよ——と驚くには値しない。この辺りのじいさん&オヤジ連中は皆、こんな感じなのだ。だから二十五の俺も、まだまだひよっこ扱いされてしまうわけで。

「なんだい、以和ちゃんはまだ焼かせてもらえねえのかい」

親父が穴子を焼き始めたのを目にし、鈴木さんはつぶやいた。

「……あ……ははは」

俺が苦笑いを浮かべると、おやじが横から釘《くぎ》を刺す。

「まだまだ。百年早いですよ、こいつぁ」

「何言ってんだ、いい息子だよ。この間の引ったくり騒ぎんときだって、真っ先に飛び出してって泥棒捕まえたじゃないか。名実ともに、この辺の若い連中がみんな頼りにしてる兄貴分だよ」

「いやあ、それほどでも――」

いいこと言うぜ、鈴木さん！と思っていると、おふくろが水を差した。

「これ、調子に乗るんじゃないよ！　お祭り騒ぎがスキなだけですよ。交番の田中巡査《たなかじゅんさ》から『危ないから二度としないように』って大目玉食らったんだから」

「いやいや、最近はこういう正義感の強い男が少なくなったよ。山田さんなんか、俺に会う度《たび》に『天神《てんじん》エンジェルズのコーチを以和ちゃんに頼みたい』ってグチをこぼしやがる」

天神エンジェルズというのは商店街の少年野球チームのことで、昔は俺も一員だった。高校を出るまではたまに練習を見てやっていたのだが、今は土日も店があるので、そうそう参加はできない。

「行きたいのはヤマヤマなんスけどねー。ガキらと身体動かすの、楽しいし」

俺は鈴木さんに答えた。鈴木さんはうなずく。

「わかってるよ。向こうが頭下げて頼んできてるのに、断《ことわ》るのはつれえよなあ。だから俺も言ってるんだよ、無理言って以和ちゃんを困らせんなって」

そう、俺は頼まれると弱い。これはうちの一族に流れる血だ。筋金《すじがね》入りの江戸っ子ゆえ、義理人情と約束、それに心意気を何よりも重んじるのだ。

そんな会話を交わしているうちに、席が地元の客で埋まり始めた。

「太子屋」の営業時間は午前十時から午後二時、午後五時から十時までとなっている。午前の部が終わったところで〈準備中〉の看板を出し、全員で食事。その後、少し休んでから夜の準備に入るのだ。

ところが午後二時過ぎに、〈準備中〉を無視して店にやってくるヤツがいる。

「……こんにちは」

戸が開き、ソワソワしていた姉貴がすっとんでいった。

「あ、光ちゃん、いらっしゃい。今朝も観たわよ～」

数時間前までテレビに映っていた日高光至だ。画面では滅多に見せない笑顔で姉貴にあいさつしている。

「ありがとう、聖子ちゃん」

子どもの頃と同じ呼び名に、姉貴は顔を赤らめた。そのまままっすぐカウンターにやってくると、光至は俺の前に座る。生番組の都合上、毎朝四時出社なので、この時間には帰ってきてしまうのだ。そして、〈準備中〉の店に入ってくる——これが平日のパターンだった。

「やあ」

声をかけられ、俺は思わず光至をにらんだ。今朝のミナちゃんの〝月とスッポン〟発言が頭に浮かんだのだ。

銀縁の眼鏡、仕立てのいいスーツが嫌味なぐらい決まっていて、悔しいが、確かに男前だ。エリート・ビジネスマン、あるいは弁護士と聞いてもうなずいてしまいそうな感じがする。眼鏡の向こうの切れ長の瞳でじっと見つめられ、深く響く低音で囁《ささや》かれると、女性はひとたまりもないらしい。

「当たり前みたいな顔して入ってくんなよ、うちは〈準備中〉なんだよ」

そう言う俺の後頭部を親父がはたいた。

「痛っ！」

「なんて口利《き》くんだ、お前は！　お前のために来てくれてんじゃねえか。悪いなあ、光ちゃん、デキの悪い息子で」

「いえ、別に……以和が言ってることは、間違ってませんから」

とりあえず謝ってはいるが、光至の口調に申し訳なさなどみじんもない。

「そら、とっとと出しな」

親父に促《うなが》され、俺は蒲焼きを二皿、カウンターに出した。姉貴がご飯とお吸い物を運んでくる。光至は並んだ蒲焼きを順に少しずつ食べると、割り箸を置いた。

俺はごくんと息を飲む。

「――右が以和が焼いたやつで、左がおじさんの穴子でしょう?」

光至の言葉に親父は満足げにうなずく。

「当たりだ」

俺はまな板をバンと叩いた。

「くっそー、なんでわかるんだ」

「こっちのほうが少し固い」

光至は俺が焼いた穴子を指し、お吸い物をすすった。

俗《ぞく》にうなぎは「串打ち三年、蒸し八年、焼きは一生」と言われるが、穴子もあまり変わらない。俺は高校を出てすぐに店に入ったが、実際に焼かせてもらえるようになったのは三年前だ。常に練習しているが、俺の焼いた穴子はまだ店に出してもらえない。決して食べられない代物《しろもの》ではないが、親父が許してくれないのだ。

「偶然だ、偶然!」

「いくらなんでも、偶然が一年も続くわけがないわよ。光ちゃんの舌が正しいのよ」

騒ぐ俺に、姉貴がしれっと言った。

これは毎日続いている儀式——ではなく、対決だった。さっきも言ったように、俺の焼いた穴子はまだ売り物にならない。それゆえまかないで食べたりするわけだが、一年前、冗談で親父の焼いたものと一緒に光至に食わせたところ、違いを見事に言い当てたのである。

絶対に偶然だと思った。なぜなら、光至は味オンチだからだ。そんな男に、俺と親父の穴子の違いがわかるハズがない——と思っていたのだが、一度も外したことがない。何度やっても当たるので、びっくりした親父は光至を「以和の焼き加減認定人」に任命。毎日タダ飯を食わせる代わりに、俺を鍛《きた》える——ということを思いついた。差がなくなったら合格というわけだ。バカバカしいと思うが、そこは頑固な江戸っ子、一度決めたらテコでも動かない。

以来、戦いは毎日続いているが、情けないことに全戦全敗だった。俺が光至を腹立たしく思う理由はここにもある。

「でも、一年前に比べれば、腕は格段に上がってると思いますよ」

「エラそうに言うな」

「ごめん」

光至が素直に謝るので親父、姉貴、ミナちゃんは一斉《いっせい》に俺に非難の視線を向けた。何をしても、あるいはしなくても、どうせいつも俺が悪者なのだ。

「ちぇっ、二分の一の確率じゃねえか、そんなのあてずっぽ——」

「いや、わかるさ」

カリカリする俺に、光至は言った。

「え？」

「絶対にわかるよ、以和の穴子は。もう、長いつきあいだからね」

そうつぶやくと光至はにっこり笑い、食事を続けた。

クールな美貌と低いビロードの声。そして、そんな雰囲気とは対照的な柔らかな笑顔が、母性本能をくすぐるらしい。姉貴とミナちゃんが「ステキ～」光線を後ろから送っている。ますます悔しくなって、俺は外へ出た。自動販売機で缶コーヒーを買って飲んでいると、光至が暖簾をくぐって出てきた。

「次は負けねえからな」

見下ろす光至の顔を、俺は指差した。

俺だって百七十八センチ身長はある。決して低いほうじゃないが、光至はさらに五センチ高く、肩幅も広い。この体格差も、腹立ちの原因のひとつだった。昔は俺のほうがでかかったのに——。

「無理だ」

光至は首を左右に振った。

「なんでだよ」

唇の端に薄い笑みが浮かんだ。俺の背筋に寒気が走る。さっきまでのにこやかな笑顔はどこへやら……まるでジキルとハイドだ。

「以和の焼き方にはクセがあるんだよ。だから他《ほか》に何枚並べられても、目をつぶってても選ぶことができる。確率の問題じゃない。いい加減、気づけ」

「じゃ、親父のよりも劣《おと》ってるってのとは、意味が違うじゃねえかよ!」

「おや……そんなにバカでもないらしい。だが、まだ金の取れる代物じゃない」

まなざし、そして言葉の端々《はしばし》に悪魔の黒い尻尾が見え隠れする。

「さっきも言ったとおり、腕が上がってるのは認めてやってもいい」

「や、やってもいいって……なんで上から目線なんだよ!」

俺はキリキリと奥歯を噛《か》みしめた。

「でも、今のままだったら、何枚焼いたって同じだぜ」

光至は冷たい口調で言い放つ。

あああ、姉貴やファンに見せてやりたい、この不遜《ふそん》な態度!と俺は心の中で叫んだ。

商店街の人たちは俺たちふたりを見るたびに、「小さい頃から全然変わらない」と口を揃《そろ》えるが、俺に言わせればこいつは昔のままじゃない。いつからか表と裏の顔を持ち、しかもそれを上手《うま》いこと使い分けている。でも、それを言っても誰にも信じてもらえない。なぜなら、こいつが裏の顔を見せるのは俺だけだからだ。

「そもそも、何の根拠があってそこまで断言すんだよ。味オンチのくせに――」

「明日、店休みだよな？　お前の新居に酒持っていくから」

ふいに話題を変えられ、俺はあっけにとられた。確かに、俺は先週からひとり暮らしを始めた。と言っても、越した先は近所の安アパートだが。

「はあ？　でも、お前は局に――」

「だから、このぐらいの時間にな」

勝手に決められ、抗議の声を上げようとした次の瞬間、光至はまた魅惑的な笑顔を作った。

「たまにはゆっくり飲もう」

ケンカ腰で話しているからといって、仲が悪いわけではない。江戸っ子気質である気の短さが態度や言葉に出てしまうだけで、俺はいつもこんな感じなのだ。だから「飲もう」と言われて、断る理由もない。

「な、いいだろう？」

何より、こういうふうに頼まれると弱いのだ、俺は。

「別に――いいけど……」

ついうっかり、そう答えてしまった。すると次の瞬間、また光至の表情が変わった。黒目がキラリと光る。

「あ、あの、やっぱり——」

いやーなものが首筋を走り、俺は断ろうと口を開いた。だが、すでに遅かった。

「じゃ、明日な。ちゃんと掃除して客人を迎えろよ。食い物も用意しとけ」

「なんだ、そりゃ」

江戸っ子にはもうひとつ、忘れてはならない愛すべき気質——欠点がある。まっすぐすぎて、バカがつくほど単純ということだ。

「あ、それと——」

光至は突然、頭に巻いたタオルから伸びている、俺の襟足《えりあし》部分の髪を引っ張った。

「い、痛《いて》えっ！」

「少し切ったほうがいい」

「え？」

「俺の好みじゃないから」

そう言うと、光至は背中を向けてさっさと行ってしまった。俺は呆然と見送る。

姿が消えてから思った。どうして俺の髪の毛の長さとあいつの好みが関係あるのかと。

2

翌日の木曜、俺は昼頃に目を覚ました。冷蔵庫にあったもので適当に腹を満たし、光至が来るので掃除――とまではいかないが、なんとなく部屋の片づけをする。

俺の暮らしぶりを見たいのはわかるが、片づけろだの食い物を用意しろだの、注文が多すぎる。だが、言うとおりにしないといつまでも嫌味を言われるのだ。

「引っ越し祝い、持ってくんのかよ……」

ゴミ箱の中身をポリ袋に空《あ》けながら、俺はブツブツ言った。

俺と光至が初めて会ったのは、約二十年前――小学校に上がる前年の春だった。

光至の父親は元一流ホテルのシェフだ。単身、渡仏して腕を磨いた後、この「ななつこ商店街」の片隅《かたすみ》に自分のフレンチレストランを構えた。子どもは光至と三つ年上の姉・華子《はなこ》のふたり。

当時、俺の親父は商店街の役員をやっていた。姉貴と華ちゃん、俺と光至の歳が同じだったこともあり、仲良くするようにときつく言い渡されたのだ。

姉貴が言うように、光至は小柄でひょろっとした子どもだった。利発そうな顔立ちは今と変わらないが、引っ込み思案で、この辺りの子どものようにケンカが得意そうにも見えなかった。帰国子女なので日本語が下手です、と言われたほうが納得できそうな感じだった。こんなヤツと遊んでもつまんねえなーというのが第一印象。だが、親父の言いつけは絶対だ。俺が仲介《ちゅうかい》になって商店街のガキ連中に引き合わせたものの、細っこい上に品のいいレストランの息子、味オンチ……といじめのネタには事欠かず、年中泣かされていた。

面倒だからと放っておくと、今度は俺が親父に怒鳴られる。仕方なく助けているうちに、気づけば「ふたりで一セット」という認識が周囲に定着してしまったのだ。

そうこうするうちに光至は「太子屋」に入り浸《びた》るようになり、飯を食うようになった。フレンチを初め、料理の味の良《よ》し悪《あ》しはさっぱりわからないらしいが、どういうわけか親父が焼く穴子が大好きで、それが今につながっている。

部屋の掃除が一段落したところで、俺は酒屋へ出かけた。

「以和ちゃん」

アーケードを歩いていると、背後から鈴を鳴らすような声に呼び止められた。反射的に背筋がビッと伸びる。俺は振り向いた。

「は……華ちゃん」

そこに立っていたのは、光至の姉・日高華子だった。水色のシンプルなワンピースが清楚な雰囲気にぴったりだ。

「久しぶりね。元気?」

「う、うん」

俺は顔がにやけないよう、必死になってうなずいた。

目鼻立ちの整った美女というより、可憐な乙女という雰囲気——そう、彼女は越してきてからずっと、この商店街のマドンナなのだ。姉貴は俺と光至を「月とスッポン」呼ばわりするが、華ちゃんと姉貴だって「白薔薇《ばら》とたんぽぽ」である。

光至の面倒を見るのはデメリットばかりじゃなかった。勉強ができたからこっそり宿題を写させてもらえたし、家に遊びにいくと必ず、光至の父親特製のケーキやクッキーを食べさせてもらえた。光至が穴子をごちそうになっているからお互いさま、というわけだ。

そして、もうひとつ——華ちゃんに会えること。実はこれが、光至と仲良くする最大のメリットだった。

商店街のガキ連中で、華ちゃんに恋をしていないヤツはいなかった。人形みたいに可愛くて、近くに寄ると甘い香りがする。今にして思えばバニラエッセンスの匂いだったのだが、当時は「絶対に俺らとは違うものを食って生きているに違いない」と信じていた。光至にくっついていると漏《も》れなく華ちゃんとも話せる。これはポイントが高い。

夏休みや冬休みには、互いの親の田舎《いなか》へ遊びにいったりもした。そんなときはずっと華ちゃんと一緒にいられるので、俺はとにかく嬉しかった。

数年前に女子大を出てから、華ちゃんは「パ・ド・ドゥ」の経営に携《たずさ》わっている。幼なじみとはいえ、この歳になるとかえって緊張してしまい、こうしてたまに会っても大した話はできない。だが、俺の憧《あこが》れの女性であることに変わりはなかった。

「いつも光至がご飯をごちそうになって……」

優雅に微笑まれ、俺はしどろもどろになった。

「いや、あの、それは別に——」

「たまにはうちにも遊びにきてね」

「あ、はい」

じゃあね、と華ちゃんは去った。バニラとは違う香りが漂っている気がして俺はしばらくそこに立っていたが、気を取り直して酒屋へ向かった。

「あら、以和ちゃん」

「こんちは」

六パック入りの缶ビールをふたつもらうと、店のおばちゃんが目をらんらんと光らせて俺を見た。

「ねえねえ、知ってる?」

「え、何?」

俺は身構えた。こういうときは大抵、商店街の噂話《うわさ》だ。

「『パ・ド・ドゥ』の華ちゃんのこと」

「ああ、さっき会ったけど……」

「あら、じゃあ、聞いた？　パリへ行くんだってね」

俺は思わず、ビールを手から離しそうになった。

「えええっ？　ななな……は、初耳！」

「レストランの経営修業《しゅぎょう》でいくらしいわよ。大したもんだねえ」

俺は痛恨の一撃を食らった気分だった。今さっき会って、にこやかに会話したばかりだというのに……。

「い、いつから？」

俺は勢い込んで聞いた。

「来月とかって話だけど……」

ということは、あと二週間。ガツンときた衝撃が、今度は波動に変わって俺の身体を揺さぶった。

マドンナというのは聖なる存在、冒《おか》しがたい高嶺《たかね》の花だ。だが、ここいらに住んでいる俺と同世代の独身男は、誰だって一度は「彼女を嫁さんにできないものだろうか」と考えたことがあるはずだ。見合いの話は降るようにあるらしいが、華ちゃんは店の経営最優先だった。恋人らしき存在を見かけたこともない。

手にできなくても、見ていられるだけで幸せだった。なのに、それもできなくなるなんて——呆然《ぼうぜん》としながら、俺はアパートへの道を重い足取りで歩いた。

そして午後四時。シャツに黒い革のパンツという格好で光至がやってきた。髪型を少し崩し、眼鏡もカジュアルなデザインのものに変わっている。

「——何もないな」

部屋を見回すやいなや、光至は素直な感想を口にした。

「うるせえな、シンプルに生きてるんだよ、シンプルに」

越したばかりということもあるが、確かにあるのはタンス、ベッド、小さなちゃぶ台ぐらいだ。

「いや、物の問題じゃなくて、色気がないというか……」

「ほっとけ！」

女っ気がないのは事実なので、悔しくてつい反応してしまう。

「これ、引っ越し祝い」

光至は紙袋の中から、焼酎《しょうちゅう》の一升瓶《いっしょうびん》とスルメの袋を取り出した。

「……コレかよ」

全国の日高光至ファンの皆さん！と俺は心の中で叫んだ。こいつはこういうヤツです。

ン十万もするようなワインを飲みつけてるような顔をしながら、好きな酒は焼酎です、つまみはスルメです。だまされちゃいけません——口の中でブツブツ言いながら、俺は店の残り物や、おふくろからもらってきた漬物やおにぎりをちゃぶ台に並べる。それからちゃぶ台を挟んで光至に向きあい、俺はおもむろに言った。

「あ、あのさ、光至、聞きたいことがあんだけど……」

華ちゃんのことを考えて緊張していたので、声が少し震える。

すると光至は何を思ったのか、やけに優しそうに微笑んだ。

「そうか、俺も話があるんだ。でも、まずは飲もう」

そう言うと、光至はビールをコップに注《そそ》いだ。

「おう」

「そういや、お前、いつも何時に寝てんの?」

ふと思い立ち、俺はなんの気なしに尋ねてみる。

「午後八時か、九時ぐらいだ」

「じゃ、起きるのは?」

「午前三時」

「ひゃー、よく起きられるな」

「四時には、局から迎えのハイヤーが来るからな」

聞くと、遅くとも番組開始の三時間前には局入りしなければならないという。光至は近場に住んでいるが、徒歩や自転車で……というわけにはいかないらしい。それからスタッフらと最新ニュースの中身などを確認し、その日の流れの打ちあわせをして本番に臨《のぞ》むそうだ。生番組だけに急な変更も多いと聞き、俺は感心する。

「慣れればどうってことはない。それに……俺には魔法の目覚まし時計があるから」

光至は得意げに答えた。子どもみたいで、俺はなんだかおかしかった。

「へー、そんなのがあるなら、俺もほしいや」

俺の返事に、光至は変な顔をした。

「……お前——」

「ん?」

「いや……あとでいい」

ビールを一缶ずつ飲み、すぐに焼酎に切り替える。俺は台所からウーロン茶を持ってくると、それで割って飲んだ。光至は生《き》のままだ。

「そんで、さ……ええと——」

「なんだ?」

とっとと華ちゃんのことを聞いてしまおうと、俺は光至をじーっと見つめた。

立っているときは気づかなかったが、胸元が開いたシャツや、腰のラインを強調したパンツに、俺はふいに妙ななまめかしさを感じた。美貌の持ち主ゆえ、制服のようなスーツは禁欲的な雰囲気をかもし出す。だが、今は違う。品のよさが少し崩れ、どこか放埒《ほうらつ》な魅力がこぼれる。

指はすらりと長く、きれいだった。持っているコップに入っているのは焼酎なのに、もっと特別な何かが入っているような錯覚さえ覚える。本人は無意識らしいが、こういうのをフェロモンと呼ぶのだろうか。セックスとか、上手そうだな——なぜだかそんなことまで考えてしまい、俺は顔が熱くなった。

「あ、いや……その、酒、強いなあと思ってさ」

俺はドギマギし、どうでもいいことを言った。

「何を今さら……味がわからないからじゃないか？」

「それと肝機能は別だろ」

俺の答えに、光至は微笑んだ。

アルコールが回って身体が温まったからだろうか、コロンか何かのスパイシーな香りがふんわりと漂《ただよ》った。それは光至に似合っている気がした。俺は……魚臭くないかな、と鼻をくんくん言わせる。

「なんだよ、以和。お前、なんか変だぞ」

光至は機嫌がいいらしい。足を崩し、ゆったりとくつろいでいる。その足も長い。

一体いつから、こんなに差がついちまったんだろう――しみじみと光至を見つめながら、俺は思った。酒だけじゃない。身長、体格、仕事、大人っぽさ、声の感じ、男の色気……俺とは全然違う。

中学から私立へ行った華ちゃんと異《こと》なり、光至は高校まで俺と同じ地元の学校に通った。頭はいいのにどうしてだろうと不思議に思ったが、公立のほうが肌に合っていたのかもしれない。

俺がずっと守ってきたと周囲は言うが、それは誇張だ。光至がいじめられて泣きべそをかいていたのは、十歳ぐらいまでだったと思う。そのうち、光至はからかわれても相手にしなくなった。言ってみれば、一足先に大人になったのだ。

中学では生徒会長を務《つと》め、高校ではバスケ部と放送研究会に入り――女の子にめちゃくちゃモテた。思えば、今の「アナウンサー・日高光至」の雰囲気は、この頃すでに出来上がっていた。

三代目だ、跡取りだと幼い頃から言われ続け、バカ正直に「そういうものだ」と思い込んでいた俺は高校卒業とともに調理師学校へ進み、親父の下で修業を続けている。光至は光至でアナウンサーになると決めて大学へ進み、その夢を叶えた。

体格のことは、あれこれ言っても仕方がない。だが、こうして見ると外見だけでなく、中身にも差が出た気がしてならないのだ。男としての存在感、とでもいうのだろうか。

俺が穴子の蒲焼きの修業を始めて三年。光至もアナウンサーになって三年だ。なのに、光至はもう番組の看板として人気を得ている。職業が違うんだから、そんなところを比べて悔しがっても仕方がない。俺だっていずれは「太子屋」を継ぐ。俺の名前であの店を切り盛りしていくのだ。なのに、昔泣いて俺のところへやってきたヤツに先を越されたようで、時折どうしようもなく焦《あせ》る。

幼なじみ。悪友。いつしかそこに、ライバルという肩書きも加わった。でも、そう思っているのは俺だけだ。光至は俺のことなんか、気にも留《と》めていない。それがわかるから、余計に悔しい。

「……なんだよ」

なおもじーっと見つめている俺をどう思ったのか、光至は意味深なまなざしを向けた。

「見惚《みと》れるほどイイ男か？」

「バカか、てめえは！」

そう返答しつつ、否定できないのがイヤだった。

「そんなんじゃねえよ。そんなんじゃなくて……」

俺は空《から》になったコップをちゃぶ台に置いた。新しくウーロンハイを作り、一気に飲み干す。これ以上、なんだか余計なことを言ったり考えたりする前に、華ちゃんのことを確認しよう。

「あの、さっきの……聞きたいって言ったことなんだけどよ——」

アルコールの力を借り、俺は言った。光至もコップを置き、やけに神妙《しんみょう》な顔で座り直した。そのせいで、俺の鼓動は速くなる。

「ああ」

「は……華ちゃんが経営の勉強でパリへ行くって、本当か？」

光至は黙ったまま、しばらく俺の顔を見つめていた。なんとも言えない表情だった。予想外のことを言われた……そんな感じだ。

「——本当だ」

「ど、どのぐらい？」

「さあ……二年か、三年か——あるいはもっとかも。よく知らん」

「……そ、そんなに？」

俺はハーッとため息をついた。酒が回ったせいもあり、俺は光至をにらみつけた。

「お前、なんで教えてくれなかったんだよ。俺が華ちゃんに憧れてんの、知ってんだろ？」

光至はまた妙な表情で俺を見た。理解に苦しむ、というような顔つきだ。

「それは知ってたが……昔のことだと思ってた。お前、つきあってた彼女がいたじゃないか。最近は寂しい生活みたいだが」

「う、うるせえ」

確かに恋人は何人かいたが、その間も華ちゃんは憧れの存在だった。そして、俺もそろそろ結婚を意識する歳に近づいている。ただの憧れが、結婚を前提にした感情に変わっても変じゃない。

「ずっと、姉貴が好きだったのか？」

光至が低い声で尋ねる。

「す、好きっつうか……あんな人が嫁さんになってくれたら最高だよなーとは思ってた」

単刀直入に聞かれて異常に恥ずかしくなったが、俺は小声で続ける。

「でも……華ちゃん、美人だもんな。パリで結婚しないとは言えないよな。あっちの有名なシェフに見初《みそ》められて、ジュ・テームとか言われて、一緒に帰国とか――」

俺も彼女も店の跡取りだ。つまり、ロミオとジュリエットみたいなもの。別に誰かに反対されたわけではないが、互いの家業を考えたら、万が一そうなった場合、もめるだろう。

「ああ、もう……見合いでもしよっかな」

「――なんだって？」

低く、硬い声が聞き返す。

「だから、見合いだよ、見・合・い」

俺はため息をつく。そして三杯目のウーロンハイを作りながら、ふいに思った。

そうだ、光至より先に結婚すれば、また一歩リードできるんじゃないだろうか。所帯を持つってのはポイントが高い。もしもその相手が華ちゃんだったら、なんと俺は光至の義理の兄上になれたのに！　なんでもっと早く気づかなかったんだ……俺のバカ野郎！　アタックするなら、一人前になってから……と腰が引けていたのだ。甘かった。

「ああ、なんか俺、すげえショック……」

がっくりと肩を落とす俺の前で、光至は自分のコップに焼酎を注《つ》ぎ足した。しかも、あふれそうなほどに。

「俺も、かなりショックだ」

そうつぶやくと光至はその焼酎を一気に空《あ》けた。あっけにとられているとコップを置き、俺のほうににじり寄ってきた。

「以和――」

眼鏡の奥の目が完全に据《す》わっている。

「お前は嘘つきか？」

「は？」

「違うよな、一度交わした約束は守る男だよな。おじさんがいつも言ってるしな。男なら、できない約束はするなって」

「あ……ああ」

何のことを言われているのかわからないが、とりあえずうなずく。確かに「約束を守れ」

は親父の口癖《くちぐせ》だ。

「じゃあ、俺を裏切ったりしないな？」

「な、何の話だ？　よくわからない――」

「お前は俺と婚約したんだぞ」

世界がフリーズした。

俺はまばたきもせず光至を見つめる。光至もだ。その眼鏡の奥の瞳は、心なしか華ちゃんに似ていた。

「――へ？」

「お前は、俺と結婚するって言ったんだ」

「わ……わははは！　するかそんなの。冗談キツい――」

数十秒の沈黙の後、俺は笑い出した。フリーズした世界の再起動を試《こころ》みる。だが、結果は同じだった。地の底から響くような低い美声がくり返す。

「約束したんだよ、お前は」

光至は言い切り、なおもじりじりと俺に近づいてきた。

俺は座ったまま後ずさりする……背中がベッドにくっつくまで。迫力に押され、冷や汗が出てきた。

「な、ななな……」

そんな約束をした覚えはない。断じて、ない。だが、頭の隅で親父が言う。

(以和、俺はおめえを嘘つきに育てた覚えはねえ。できない約束をするような男には)

俺はごくんと唾液を飲んだ。

「い、いつ、そんなこと言ったんだよ。第一、どうやってお前と結婚すんだ！　男同士で──」

「どうにでもなる」

「ならねえよ！」

「じゃ、お前は俺が嘘つきだとでも言うのか？　こんな嘘をついて、俺に何のメリットがあるんだ」

「光至、とりあえず落ち着──」

「お前は確かに『二十五になったら光至と結婚する』と言ったんだ。味オンチだから店を継げないと言う俺に、じゃあウチに来いって……そう言ったんだぞ」

口にする内容は、まるで子どものダダだった。それとは裏腹に、光至の顔はどんどん険《けわ》しくなる。背筋が冷たくなった。

「あ、あの……」

俺はもう一度笑い飛ばそうと思ったが、顔がひきつっただけだった。

光至は淡々と続ける。

「今はアナウンサーだが、いつ『太子屋』に婿養子《むこようし》に入ってもいいように準備してるんだ。経営の勉強も――」

「ま、待て待て、なんか変だぞ、その考え方は！」

「じゃ、嫁でもいい」

「いや、そうじゃなくて――」

神さま、お願い――俺は心で祈る。強制終了させて。

「以和、もうじき二十六だよな」

「そ、そうだけど……？」

「つまり、約束の期限はとっくに過ぎてるわけだ。でも、仕事のこともあるし、お前はバカだから――俺はお前が言い出してくれるのを待ってたんだ。ひとり暮らしを始めたのは、ようやくその準備ができたからかと……」

強張《こわば》っていた光至の表情が切なげなものに変わった。長いまつげが悲しげに伏《ふ》せられる。

俺は幼い頃のことを思い出した。いじめられた光至が俺に抱きついて泣いている場面がよみがえる。

こいつがこんな顔をするなんて――やっぱり、俺が悪いのか？　俺が責任取らないとまずいのか？

いやいやいや、と俺は踏みとどまる。しっかりしろ、以和。こんなのは絶対におかしい。

でもでもでも、二十五とかウチに来いとか、光至の言い分はやけに具体的だし……。

「ずっと、我慢してきたのに――」

次の瞬間、光至の目が冷たく光った。

「が、我慢――って、何を？」

聞かなければいいものを、俺はつい聞いてしまった。

「セックス」

やっぱり！と思ったとたん、また冷や汗がダーッと出てきた。

突然部屋へ来ると言い出したのは、ついに据《す》え膳《ぜん》（俺）を食おうと思ってのことか……なんて考えていたら両腕を光至に掴《つか》まれ、ものすごい力で畳の上に押し倒された。

俺は慌《あわ》てて叫ぶ。

「うわ、待った、待った！　思い出した、思い出した！」

光至の動きが止まった。ほんの少しだけ腕の力が緩《ゆる》む。

「本当か？」

「ほ、本当、本当！　だから、とりあえずどけよ、こんなんじゃ話が……」

疑いのまなざしのまま、光至は俺の上から降りた。俺は半身を起こし、膝を抱えるようにして可能な限り光至から離れた。

「いつ、どこで言った？　覚えてるはずだよな？」

光至の言葉に、俺は咳払《せきばら》いをした。

「……い、いつ、どこでって、そんな……」

俺はしどろもどろになった。

やっぱり子どもじみている。だが、こういうふうに詰問《きつもん》されると俺は弱い。光至はそれをよく知っているのだ。

「そ、その前に……大事なのは互いの気持ちじゃないのか？　お前が俺を好きになるのは勝手だけど、俺は――」

言いかけてガクゼンとした。どうして俺はこうバカなんだ。こいつが言いたいのは「セックスさせろ」ってことじゃない。俺に「惚《ほ》れてる」ってことじゃないか。

「勝手に好きになる？　結婚しようって言い出したのはお前だぞ？」

「そ、そんなのはガキの口約束だろ？　信じるほうがどうかしてるぜ！　大体、男同士なんだから――」

「できないことはない。現に同性愛者はやってる。セックスだって、同居だって……愛があれば」

〝愛〟――それを聞いたとたん、〝好き〟という言葉が許容範囲内だったことに俺は気づいた。〝愛〟は範囲外だ。なぜなら、〝愛〟はすべての困難を乗り越え、世界を救う素晴らしいパワーだからだ。それを持ち出されたら、ガキの約束も同性同士の壁も吹っ飛ばしてしまう。

光至は能面のような顔で淡々と続けた。

「俺は……お前の約束を信じて、今まで待った。何も言わなかったのは、お前もそのつもりだと信じていたからだ。毎日穴子を食わせられるのも、一緒になる準備だと思ってた。俺の愛が試されてるのかと――」

そんなバカな～と思いつつも、あまりに筋が通っているので俺はうっかり納得しそうになる。

「今日、ここへ来るのを許されたのは『もうＯＫ』ってことだと思ってきたんだ。だから、ちゃんと準備して――」

革のパンツの後ろポケットから何かを取り出し、光至はちゃぶ台に載《の》せた。

「ひ……えー……」

コンドームだった。それも三個。しかもツブツブ付き。どうやら俺が掘られる側らしい。

なぜ？　怖いので考えない。

「お前が頭の悪そうな巨乳アイドルにうつつを抜かしていようが、彼女ができようが、お前の言葉を信じていたから我慢できたんだ。なのに――姉貴がなんだの、見合いするだの……その上、ガキの口約束だなんて言われて――」

光至の目が血走ってきた。俺はどうやら、パンドラの箱を開けてしまったらしい。

「こ、光至、俺が悪かったよ。あの、だから……」

「お前がそのつもりなら、もういい」

言うなり、光至はコンドームを部屋の隅に放り投げた。

「いや、それがないのは危な……じゃなくて、開き直るな！　落ち着いて話を――」

「覚えていようがいまいが、もう我慢しない――限界だ」

光至は俺の身体をベッドの上に引きずり上げ、胴に馬乗りになった。

「うわ！」

さっきより力が入っている。おまけにガタイは光至のほうがいい。全身でのしかかられては逃げられるはずがない。

「ごめんなさい、すいません！　覚えてません！　それは認めるから、謝るから、ちょっと待てーっ！」

重いし怖いしで俺はもう必死だった。

「待てない」

Tシャツの裾《すそ》から左手が入ってきて、俺はのけぞる。

「わー、やめろ！　なんだよ、素直に謝ってんのに敗者復活戦もなしかよ――って、そんなところ触るな！」

光至の身体の下で、俺はジタバタと暴れた。

「フィ、フィアンセにこんなことすんのかよーっ！」

残った右手が、ジーンズのボタンの上で止まる。

「俺はそんなに野暮な男じゃない」

そう言うと光至はにっこり笑った。能面も怖かったが、この笑顔のほうがもっと怖かった。なぜなら、目がまったく笑っていないからだ。

「死ぬほど惚れてるから、ヤりたくて仕方ないからヤるんだ。麗《うるわ》しき愛の行為だ」

一般的には正論でも、俺の身には災難だ。

「だだだだって、お、俺にも心の準備ってものが！」

「俺はとっくにできてる」

「だから、俺は覚えてねえんだって！　覚えてねえのに、愛もクソもあるかー！」

「大丈夫だ、優しくしてやるから」

「違ーう、そういうことじゃないっ！」

完全にイっちゃってる目で言われても、信用できるはずがない。

「じゃ、三分だけ待ってやる」

純潔を奪われるというのに、三分で覚悟なんてできないに決まっている。だが、その一言で俺はあることを思いついた。

「に、二週間！　二週間くれ！」

「却下」

光至は即答した。

「げっ！」

「お前の浅知恵なんかお見通しだ。姉貴にプロポーズするか、あるいは見合いで適当に相手を見つけようと思ってるんだろう？」

図星、という文字が耳から出そうになる。

「さっきから言ってるだろう、約束の条件はとっくに満たしてるんだぜ？」

俺はかすかな望みにすがりついた。

「でも、俺は覚えてない――」

「そんなの知るか。それに、本気で姉貴に惚れてるならもっと早く動けばよかったんだ。この期《ご》に及んで男らしくないぞ、以和」

男らしくない――その言葉にも弱い。確かにそうだが、ここで怯《ひる》んでは食われるだけだ。

「そ、そこをなんとか！」

「じゃ、俺の気持ちはどうなるんだ。巨乳アイドルにうつつを――」

話が戻りそうになったので、俺は遮《さえぎ》った。こうなったらもう愛の力にすがるしかない。

「悪かったよ、俺が悪かった。それは謝る。二週間以内にダメだったら、約束……した記憶はないけど、約束どおりにお前と、け、け、結婚するから！」

とんでもない展開に、俺も自分が何を望んでいるのかよくわからなくなってきた。華ちゃんとの結婚願望が先か、光至から逃げるのが先なのか。

「お前——本気なのか？　本気で姉貴に……」

光至は俺を見つめた。俺は何度も首を縦に振る。嘘をつくのはよくない。男のすることじゃない。でも、このときばかりは据え膳のまま逃げ出したい一心だった。

光至は黙り込んだ。

「あ、あの……？」

俺を見る光至の瞳が、悲しげな色を帯びる。

なんだか、ものすごく悪いことをしている気になってきた。どういういきさつでそんな約束をしたのかわからないが、こいつはこいつで一途《いちず》に俺を信じたのだ。

「俺だって……本気なんだぞ？　お前、わかってるのか？」

懇願《こんがん》するような眼《め》が俺の胸を射《い》る。その眼は幼い日の光至のそれだった。泣きながら俺のところへやってきた姿が重なる。

(以和ちゃん、またいじめられた……)

ああ、だめだ、やめてくれ。そういうまなざしに俺は弱いんだ。遠い昔を思い出すじゃないか。

そこまで惚れられてるだなんて、本当に知らなかったんだ。嘘つき、男らしくないと言われ、ただでさえ気持ちがグラグラしてるのにそんな瞳で見られたら——処女《しょじょ》を捧《ささ》げなきゃいけないって気分になるじゃないか。

「わかった——待ってやる、二週間だけだ。その代わり、相手は姉貴限定だぞ。逃げられるなんて思うなよ」

光至はため息をつき、ようやくそう言った。

「わ、わかった。恩に着る」

俺はほっと息を吐いた。危なかった。

「じゃ、早くどいて——」

「いや——ちょっと待てよ」

ここでまた光至の声色《こわいろ》が変わった。

「な……何ですか？」

「それで運よく、お前が姉貴とゴールインしたら、俺の立場はどうなる。十五年もお前を待ってた俺は？」

「じゅ、十五年前……って、十歳のとき？」

「そうだ、夏休みに海へ——」

「な、なんだ、本当に物心つかない子どもじゃねえかよ！　ふざけんな！」

短気さゆえの余計な一言に、光至の険しい目つきがさらに険しくなった。

「そうか——それが本心か。やっぱり、ヤるべきことはヤらせてもらう。ちょうど三分経ったしな」

そう言うと光至は俺の下半身を脚《あし》で押さえたまま、Tシャツをまくり上げた。裸の胸が露《あら》わになる。

「な、何すんだよ、離せってば！」

「十五年が二週間に負けて、あっさり約束を反故《ほご》にされたら割に合わないだろう」

光至の気分に振り回され、俺はパニックに陥《おちい》りそうになる。

「や、やめろって！　光至、ちょっと、話が違——」

バンザイの体勢を取らされ、顔がTシャツから出る。だが、腕からは抜かず、そのまま手首のあたりでぎゅっと縛られ、拘束《こうそく》に利用された。

「おい、放せよ！　本気で怒るぞ」

俺は怒鳴ったが、光至は馬乗りになったまま俺を見下ろして薄い笑みを浮かべるだけだった。

「安心しろ、最後まではヤらない」

「さ、最後って……」

「インサート」

「ひー……」

「あと二週間、我慢してやるよ。俺はお前と違って約束は守る男だからな。でも、覚えておけよ——そこが本当に本当のリミットだからな」

そこで光至は眼鏡を外し、シャツの前をはだけると顔を寄せてきた。

「やめろ……やだ、って——！」

キスされる——俺は顔を背《そむ》け、目を閉じた。ところが、いつまで経っても唇は下りてこなかった。

「……？」

恐る恐る目を開けると、その感触は唇の上ではなく耳の辺《あた》りにやってきた。

「うわ、やめろ、離せ——頼むから、どけって！」

俺は激しく首を振り、光至の唇からのがれようともがいたが、Tシャツの絡《から》まった腕は俺より太い腕に固定されてびくともしない。腹筋に力を入れ、上に乗っている身体をのけようとするも、腰が動いてベッドのスプリングが軋《きし》むだけだった。

「落ち着けよ。途中までだって言っただろう？　それに俺、上手いから」

耳たぶを舐《な》められ、ゾクッとした。身をすくめようにも自由がきかない。せめてもの抵抗に……と俺は声を張り上げた。

「よせーっ、バカ野郎、チクショー！」

「近所に聞こえるぞ。恥ずかしい思いをするのはどっちだ？」

「う……この変態、強姦魔……」

「ひどいな……愛してるって言ってるのに——悪いのはどっちだ？　約束を忘れてたお前のほうだろう？」

やけに甘ったるい声が非難する。

光至の両手がゆっくりと鎖骨、胸、胴と下り、また上がった。アルコールのせいか、それとも怒りか、はたまた欲望のためか、あのスパイシーな香りが光至の身体から生々しく迫ってくる。

「や……」

触れるか触れないかという微妙な愛撫に、俺は総毛だった。身体が強張る。くすぐったいような、むずがゆいような感覚に、顔が熱くなる。

「肌、きれいだな。筋肉も乗ってるし……体毛も薄い」

言葉で煽《あお》られ、電流のようなものが全身を走った。怒鳴られたり、なじられたりするのは怖くない。取っ組みあいのケンカだって平気だ。でも、こんなのは耐《た》えられない。

「あっ！」

指の腹で胸の小さな突起をこすられ、俺は声を上げてしまった。恥ずかしくなり、唇を噛む。

「う…あ……」

だが、何度も指を動かされ、またすぐに声が出た。何の役にも立たない部分なのに、おまけに相手は光至なのに、無防備だというだけでこんなに感じてしまうものなのか。

「なんだよ、彼女に触られたことないのか？　自分で触ったことは？」

あざ笑うような声に、俺は光至をにらみつけた。

「……ね、えよ――離せ……」

「じゃ、こんなことされたら――もうイっちゃうかな……」

そう言うと、光至は赤く色づき始めた乳首に舌を這《は》わせてきた。円を描くように舐められ、ザラつく感触にガクガクと腰が揺れた。

「あ、あ……あっ……」

さっきよりも鋭い快感に声が大きくなる。そして下腹部は熱くなる。

「意外に感度がいいな。ああ、ごぶさたなんだっけ」

「うるさ……な、舐めん、な……そんな、とこ――」

「やめない。だって以和、本気でイヤがってないじゃないか。感じてるんだろう？　せいぜい楽しめよ、俺も楽しむから」

光至は低く笑うと跨《また》がる位置を胴から腿《もも》へと移した。それから俺のジーンズのボタンに手をかけ、ゆっくりジッパーを下ろした。前を完全に開かれ、下着がのぞく。厚い生地の戒《いまし》めから解放され、俺は小さく息を吐いた。情けないことにそこは完全に硬くなっていて、

苦しかったのだ。

「光至、やめろ——」

光至は俺を無視すると、長い指で形を確かめるように下着の上から俺の分身に触れた。

「……っ……」

やわやわともみしだかれ、粘着質の液が滲《にじ》み出てしまった。光至にもわかったらしい。

「この程度で出るのか……しょうがないな。濡れて気持ち悪いだろうから、外の空気を吸わせてやるよ」

ゆっくり指を動かしながら、光至が低い声で言った。

「よ、よせ……」

抗議もむなしく、勃起した分身をつかみ出された。濡れて脈打つそれを光至はじっと眺めている。観察しているらしい。

「見るな……」

「何年ぶりかな、以和のコレ見るの。中学の水泳教室以来か？　なかなか立派に育ってて安心した。想像以下だったらガッカリだからな」

何のために、どんな想像したんだよ！と言いたかったが、余裕がない。

「あ……っ…」

茎《くき》を扱《しご》かれ、強烈な快感が湧《わ》き上がる。俺はまた先走りの液を漏らした。

「俺のも見せてやるよ」

指を離すと光至は腰を少し浮かし、革のパンツのジッパーを下ろした。

中から出てきたモノを見て、思わず目を逸《そ》らす。俺と同じように勃ち上がっていたが、大きさも長さも俺よりずっと上だった。

そこで俺は改めて気づいた——俺にのしかかっているのが同じ男ではなく、俺を征服したがっている牡《おす》だということに。

「比べてみるか」

そう言うと、光至は股間と股間が向き合うように座り直し、両手のひらを唾液で湿《しめ》らせた。自分のモノと俺の分身を両手で一緒に包み込む。二本まとめて扱かれ、俺は息を飲んだ。

「や…っ——」

味わったことのない感覚だった。自分以外のモノの硬さ、熱さを同じ場所に感じる。さらに擦《こす》り合わされ、悦《よろこ》びに身体が震えた。

「う…んっ——ん……あ、あっ……」

気持ちいいのと情けないのと恥ずかしいのとで、涙が出そうになる。ただの生理現象だと必死に自分に言い聞かせた。こんなことをされたら、誰だってこうなるんだと。

「——悔しいか?」

胸の内が聞こえたかのように、光至が尋ねる。

「悔しい、恥ずかしい、お前なんか大嫌いだ——そういう顔してるな」

細目を開けて見上げた光至の顔は、美しい悪魔のようだった。

「でも、悔しさは俺のほうが何倍も上なんだよ」

「あ、あ……っ、あ、ああ……」

いじめるように手を動かされ、濡れた音に刺激され、俺は甘ったるい声を上げた。切ないほどの愉悦《ゆえつ》にのけぞる。

「や、めろ——」

「やめろ？　ココは気持ちいいって泣いてるのに？　やっぱり、以和は嘘つきだな」

「……っ、ちが——」

追い立てられ、息が上がった。早く出したいという気持ちのほうが逃げたい気持ちより勝《まさ》っていく。

「無理しないで、楽しんだほうがいい。どうせ二週間後には——俺のものになってるんだから……予行演習だ」

「あ、あ、あっ……出、る——！」

包み込んだ手で乱暴に擦られ、こらえきれずに俺は射精した。自分以外の人間の手でイッたことはもちろんあるが、男の手でイカされたのは初めてだった。少しして、光至も達する。

涙が滲む目を薄く開ける。切なげに息を切らしている光至の顔が見えた。長いまつげが揺れ、こともあろうに俺はそんな光至をきれいだと思ってしまった。

「お前のことだけ見てたんだ……お前だけ。彼女ができても、下らないエロ話を振られても、二十五までの辛抱《しんぼう》だ——そう思って耐えてきたんだ……」

光至の声に、また幼い頃がよみがえる。

泣くなと言えば言うほど、声を上げて泣いた光至。でも、今、泣いてるのは俺のほうだ。信じられない。抵抗しきれず、あの手に翻弄《ほんろう》されて射精したなんて。おまけに——すごく感じただなんて。だが、もっと信じられなかったのは、次の言葉だった。

「おい、確かに二週間待ってやるが、これっきりじゃないからな。有効期間中は何度でも使えます——うちの商店街でもやってるよな、そういうサービス」

俺が吐き出したものをティッシュで始末しながら、光至はそう言ったのだ。

「……え?」

「次は、もっといいことしてやるから。指を後ろに入れるとか、フェラチオとか……」

依然として自由を拘束されたまま、俺は首を振った。

「い、いや、遠慮しま——」

光至は俺の上に乗ったまままちゃぶ台に手を伸ばし、自分の携帯電話を取った。そして、こともあろうに俺のあられもない姿を写真に写したではないか。

「あっ、バカ野郎！」

この期に及んでと思うが、俺は陰部《いんぶ》をどうにか隠そうと動いた。だが、無駄だった。

「そんなモン撮って、何に——あ、お前まさか、オカズにする気じゃないだろうな！　どこまで変態なんだ！」

光至はきょとんとし、すぐにニヤリと笑った。

「……ああ、そういう使い道もあるな。一応、口封じにと思って撮っただけなんだが——いいこと教えてくれて、サンキュー」

全身から力が抜けた。ああ、俺のバカ、そんな使い道まで教えてどうすんだ……。

光至は携帯電話を大事そうにジーンズのポケットにしまうと、ようやく俺の手首からTシャツを解《ほど》いてくれた。でも、もう遅い。身体が自由になったところで殴《なぐ》る気も起こらない。

またなと言い残し、光至は部屋を出ていった。ベッドの上で俺は身体を丸める。壁の時計に目をやると、ようやく七時になったところだった。

3

「なんだよ、以和、暗いなあ」

俺の横にいた鈴木渉《わたる》が言った。渉は町会長の鈴木さんの孫で、光至同様、俺の幼なじみだ。銭湯の跡継ぎになる気はないとかで、サラリーマンをしている。

「恋の悩みか？　聞くぞ、聞くぞ」

ビールに口をつけると渉はニヤニヤ笑いを浮かべた。俺は仏頂面《ぶっちょうづら》で首を左右に振る。

「そんなんじゃねえよ……」

土曜の晩、俺たちは商店街のスナック「かぐら」にいた。「太子屋」を閉めてから来たので、もう十二時近い。明け方までやっているのが強みだが、客のほとんどがこの辺の住民なので、あまり込み入った話はできない。

光至の手で、半《なか》ば強引に婚前交渉（？）前まで奪われてから、二日が経った。

昨日の金曜の午後二時過ぎ、いつもどおり光至は何食わぬ顔で店に現れ、いつもどおりに俺と親父が焼いた穴子を食い、いつもどおりに俺が焼いた穴子を当てた。おとといあんなことがあったのに、何もなかったかのように笑顔を作って。

今日は土曜なので「〜ハッピーテリア」の放送はない。ゆっくり身体を休めているのか、店にも来なかった。そんなわけで俺はちょっと安心しつつ——というより、部屋にいるのがなんとなく怖いので、ここで渉と飲んでいたのだった。

「そういや、華ちゃんフランスへ行くんだってな」

渉が言った。渉が知っているぐらいなのだから、有名な話だったのだ。知らなかったのは、俺ぐらいか。

「はー、なんかショックだよな。別に、俺と結婚してくれるとか思っちゃいなかったけどさ……別れの春だなあ」

渉の嘆《なげ》きを聞き、やっぱりなと俺は思った。落胆しているのは俺だけじゃない、というわけだ。逆に言うと、最後のチャンスとばかりにライバルがうじゃうじゃ出現する確率も高い。

実は昨日、俺は思い切って空き時間に「パ・ド・ドゥ」をのぞいてみたのだ。だが、華ちゃんはいなかった。おばさんに「光至ならいるけど」と言われ、慌てて逃げ帰った。今日もさりげなく店のそばを通ったが、姿は見かけなかった。渡仏の準備で忙しいのかもしれない。

マズい、と俺は思った。このままじゃマジに光至と結婚だ。どっちが嫁か婿か知らないが、あいつは「太子屋」に入る気満々らしい。そんなのは無理に決まっているが――と思いつつ、うっかり想像してしまった。光至がうちの親父に頭を下げているシーンを。

（以和を俺にください。俺が婿に入ってもいいです。絶対に幸せにします。この店も立派に継ぎます。子どもは産めませんが）

俺はぶんぶんと頭を振った。ありえない、ありえない。

だが、次の瞬間、親父が膝《ひざ》を打って答えるシーンも浮かんでしまった。

（男同士？　それがなんだ！　四代目は聖子の子どもに継がせりゃいい。光ちゃんみたいな男に惚れられて、以和は幸せモンだ！）

ありえる、ありえる！　うちの親父なら言いそうだ！

「ひー……」

俺は頭を抱えた。

「い、以和？　大丈夫か？」

様子のおかしい俺を見て、渉が心配そうに声をかけてくる。

「華ちゃんがいなくなるって聞いて、ショック受けたんじゃないの？」

「かぐら」のママが笑う。渉はうなずいた。

「以和んとこは、特に仲良かったもんなあ」

「うー……」

俺はうなった。

「そういや、光至もすっかりスターになっちゃったな。昔はいじめられてたのに」

キッと渉をにらむ。

「……お前もいじめたひとりだろ」

「ははは、そうそう。そんで、以和に殴られました」

渉の話を聞き流しながら、俺はあれこれ考えを巡《めぐ》らせる。

どうしたら、誰にも邪魔されずに華ちゃんに会えるか。おばさんに取次ぎを頼めば光至に筒抜けになる。といって、華ちゃんとふたりきりで会う手はずを整えるのは難しい。この商店街の中じゃ、まず無理だ。でも、彼女を連れ出す口実がない……。

「お前もよく光至の面倒見てたよなあ。ほら、ガイア・レンジャーの時計とか譲《ゆず》ってやってさ」

「ガイア・レンジャーの時計？」

渉の言葉に、俺は首を傾《かし》げる。

ガイア・レンジャーとは、東テレで放映していたヒーロー戦隊ものの番組だ。子どもの頃、みんな夢中で観ていた。だが、時計なんて記憶にないと言うと、渉は説明し始めた。

「目覚まし時計だよ。以和が大事にしてたのをもらったって光至が喜んでたの、すげえよく覚えてる。あいつがあんなふうに笑うの、初めて見たもん」

そういえば光至も魔法の時計の話をしていた。まさか、それじゃないよなと思いつつ、俺は渉に質問した。

「それって、いつの話?」

「十歳ぐらいだろ。あの番組やってたの、小学校三年の時だから」

また十歳か。俺が以和に結婚の約束をしたらしい時期だ。

「覚えてられっかよ、そんな……十歳頃のことなんか」

俺のつぶやきに、渉は目を丸くした。

「お前って……バカ?」

「なんだと?」

「商店街のくじ引きで当たったってお前が大騒ぎしてたの、俺も覚えてんのに……なんで本人が忘れてるんだよ」

「だ、だから、そんな子どもの頃のことなんて……」

「おいおい、幼稚園とかならともかく、十歳だぜ?」

手に負えない、とばかりに渉はため息をついた。

どうしよう、俺は健忘症《けんぼうしょう》かもしれない。もしかしたら本当に、光至と結婚の約束をしたのかもしれない。自分が信じられなくなりそうだ。

「……俺、帰るわ」

金を置いてふらふらと立ち上がると、俺は渉を残して「かぐら」を出た。

桜の時季は過ぎたとはいえ、五月の夜はまだ肌寒い。さすがにTシャツ一枚は薄着すぎた。俺は何度もクシャミをし、身をすくめながら「ななつのこ商店街」のアーケードを歩いた。

光至の切なげな声が耳の中で響く。

(お前だけ、見てたんだ……お前だけ)

学生時代から、光至に特定の彼女がいるという話は聞いたことがなかった。バレンタインに大量のチョコレートをもらっているのは知ってるから、周囲にバレないように上手くやってるんだろうとばかり思っていた。エロ本の回し読みメンバーに加わらないのも、実体験のチャンスに事欠かないからだろうと。

今だってそうだ。テレビ局にいればタレントや女優に会う機会だって多い。その気になれば、夢のような美女を恋人にできるはずだ。だが、そんな気配はない。まさかそれが俺のせいだとは。

そこで俺はふいに立ち止まった。

あいつ、童貞じゃないよな。俺に操《みさお》を立ててとか……。

「う……うおお」

ない、ない、そんなことは絶対にない。おとといの夜だって、なんだか妙に手馴《てな》れてたし。もしかしたら、秘密の彼女じゃなくて、彼氏がいたとか。でもって、俺のために経験を積んだとか……。

「う……うおお」

やめよう、あいつのことを考えるのは。華ちゃんへのプロポーズ大作戦が優先だ。

そう思いながらアパートの外階段を昇ると、ドアの前に人影が見えた。ジーンズ、薄手のセーター、シャツ……と俺の視線は上がる。そして——。

「遅い、どこで何やってたんだ」

そこにいたのは光至だった。眼鏡のフレームが外灯に反射する。同じように、レンズの奥にある青味がかった瞳がきらりと光った。

「げっ！」

「しまった」と思ったときは遅かった。俺は慌てて回れ右をしたが、むんずと腕をつかまれ、胸元に引き寄せられてしまったのだ。

「は、離せ——」

「いい加減に携帯電話を買えよ。金がないなら、俺が料金払ってやるから」

そう言いながら、光至は顔を近づけてくる。華ちゃんにちょっと似ていて——でも、ある意味で華ちゃんよりも整った顔立ちだ。この間の夜も漂ったスパイシーな香りが俺の鼻をくすぐる。と、あの晩の光至の唇の柔らかさや指の動きが肌の上によみがえる。

「か、金はあるよ！　好きじゃねえんだよ、ああいうもんが！」

「一時間も待ったんだぞ」

拗《す》ねたような声が耳の中へ流れ込んできた。

「う……い、痛……」

腕をひねり上げられ、俺は急いで頼む。

「ま、待った、人に見られっとまずいから……中へ――」

そう言う俺に、光至はニヤリと笑った。

「ふうん……一応、学習したみたいだな」

二度目の「しまった」は悪あがきだ。

まるで初めから場所を知っていたかのように俺のジーンズの後ろポケットからカギを抜き取ると、光至はドアを開けた。部屋に入るやいなや、問答無用でベッドに連行される。

「こ、光至、朝早いんだろ？　もう一時近いし、ちょっとでも寝たほうが……」

ジーンズを引きずり下ろされそうになるのを必死に食い止めながら、俺は言った。

「心配するな、明日は日曜だから休みだ」

三度目の「しまった」はもはや無意味だ。

「それに、お前のイイ顔が見られるなら徹夜ぐらいどうってことない」

「お前はよくても、俺は明日も仕事がある！」

「じゃ、軽めにしておいてやる」

光至は眼鏡を外し、俺のジーンズのボタンを外し――。

「いや、待て！　頼むから、俺の話を――！」


〈しばらくお待ちください〉


「以和、お前……」

快楽の余韻《よいん》に浸《ひた》ってベッドでぐったりしていると、身支度を整えた光至がつぶやいた。

「もしかして早漏《そうろう》か？」

「そ、そ、そんなわけあるか！」

言いながら、頭がグラグラした。

確かに今日は、この間より早かった。しかも、光至が一度イく間に、俺は二回もイってしまったのだ。でもそれは、後ろの孔《あな》に指なんか入れられたせいで……それがあんなに感じるもんだとは思ってもいなくて……。

「そんなの、彼女に言われたことねえぞ！」

「気遣《きづか》って、誰も言わなかったのかも」

「え……」

真っ青になる俺の肩を、光至が優しく撫でる。

「よかったな、俺が相手で。早くても全然平気だ。お前がイくとこ見るの、楽しいしな」

ありがとうと答えそうになり、俺は我に返った。これがこいつの手なのだ。ほだされるな。口車にいちいち乗るな。

「ヤ、ヤること済んだら、とっとと帰れ！」

「そうだ、書いといてやろう」

そう言うと、光至は壁のカレンダーにマジックでおととい、昨日、今日の日付に×印をつけた。二週間後の木曜には◎。

「あっ、なんでそんなことすんだ！」

「お前は忘れっぽいからな。それから声、もう少し我慢したほうがいい。このアパート壁が薄《うす》そうだから、隣や下に筒抜けだぞ」

「声……って、誰のせいで――」

光至は嬉しそうに笑った。

「よがってるって自覚はあるわけだ。身体は正直だな」

「う、う、うるせえっ！」

俺は光至の背中を押すと、部屋から追い出した。ドアを閉め、ひとりきりで玄関に座り込む。

本気でマズい。このままじゃ、ナンカキモチイイカモ……とか言ってるうちに二週間経って、なしくずし的に光至の思うままになっちまう。

それに、こんなんで華ちゃんと結婚なんかできるのだろうか。仮にOKをもらえたとしても、健忘症で嘘つきで早漏だったら、華ちゃんにふさわしい男だとは言えない。でも、それを言ったら相手が光至でも同じだ。

俺は畳の上に大の字になり、天井《てんじょう》を見つめながらぼんやり考えた。

大人で、子ども。悪友で、幼なじみ。ライバルで……俺に惚れてる。今の段階じゃ、最後のひとつが何よりも動かしがたい真実。俺はともかくとして、あいつはそうなんだ。

美形で頭がよく、この商店街だけでなく、全国的に見ても将来有望な宝石のようなアナウンサー——そんな男が俺を愛してるという。ずっと俺だけ見ていたと。

でも、俺は約束を覚えていない不実な男だ。

光至は今も、俺を抱かずに我慢している。今日も最後まで行かなかった。約束だからだ。そして、俺が全力で抗《あらが》わないのは腕力では勝てないからじゃない。心のどこかで申し訳ないと思っているからだ。言葉や愛撫で俺をいじめながら、楽しみながら、それでも最後の一線は越えまい——と必死に光至が我慢しているのが伝わってくるからだ。

もしも、俺が光至で、相手がずっとずっと想い続けてきた相手だったら同じように我慢なんかできるだろうか？　信じて待ってた相手に「冗談だろ」なんて一言で片づけられたら……俺ならもっとひどいことをしそうだ。

同時に、思う。仮にその約束を覚えていたら、俺はどうしたんだろう。それでもやっぱり「子ども時代の笑い話だ」なんて言って、あいつを傷つけた気がしてならない。

「……あー、もう……」

俺は髪の毛をかきむしる。華ちゃんのことを考えなくてはならないのに、頭に浮かぶのは光至のことばかり。いろんなことがごっちゃになって、頭の中でひしめいている。

あいつはイヤな奴だ。意地悪で、いやらしいし、ズルい。でも、俺のほうがもっとズルいんじゃないのか？

（婿養子に入ってもいい）

「……できるわけねえっつうの」

人のことをバカだのなんだの言うが、男同士の結婚話のほうがよほど荒唐無稽《こうとうむけい》だ。だが、嘘つき男よりは何百倍もマシだ。そこまで誰かを好きになれるなんて——その誰かが俺だなんて。あいつなら、もっといい相手がいくらでもいるのに。

大人で、子ども。ずる賢《がしこ》くて、純情。どう言い訳しても、どんな理由を見つけても——変わらない、否定できない。あいつが俺に惚れてるということだけは。

俺は起き上がると、ドアにカギをかけた。

4

「……っくしょい！」

「おい、気合い入れてやんねえか！　月曜からだらしねえな」

特大のクシャミをしている俺に、親父の声が飛んだ。

「……すんません」

どうやら風邪《かぜ》を引いたらしい。昨日、光至が来てあちこちいじられ、そのまま半裸《はんら》同然で寝てしまったのがまずかった。おかげで今日はずーっとクシャミのしっぱなしだ。なんだか頭も重い。

「しょうがねえ野郎だ。下川《しもかわ》さんとこまで届けにいってこい」

親父に言われ、俺はうなずいた。

スクーターで蒲焼きと白焼きを届け、ついでに「パ・ド・ドゥ」に寄ってみた。スピードを落としてそろそろと窓に近づく……と、なんとタイミングよく華ちゃんがドアから出てきたではないか。

「あら、以和ちゃん。おはよう」

黒のスーツがよく似合っている。これが店での彼女の正装なのだ。俺はドギマギしながらスクーターのエンジンを止めた。

「お、はよう……」

俺を見て何かを思いついたらしく、華ちゃんは顔を明るくした。

「そうだわ、以和ちゃん、時間ある？」

「な、なんスか？」

「あのね、ケーキが余ってて……昨日作ったものだから食べられないってことはないんだけど、店には出せないから――残り物で悪いんだけど、もらってくれないかしら」

「よ、喜んで！」

俺はスクーターから降りると、気をつけの姿勢を取った。

「じゃあ、すぐに用意するわ」

店の中に案内すると華ちゃんはコーヒーまで出してくれた。優しさに涙が出そうになる。光至とは段違いだ。

「今、母が箱に詰めてるから待っててね。以和ちゃんの好きなティラミスとか、マカロンもあるわ」

「はいっ」

もう、いつまででも待ちます！　っていうか、超ゆっくりでいいです！　そう思いながらコーヒーに口をつけると、華ちゃんは俺の前の席に座った。

緊張して、カップを持つ手が震える。おまけによく見たら、店のあちこちに薔薇が生けられている。こんな洒落《しゃれ》たレストランに、甚平にサンダル履《ば》きの俺は思い切り浮いているぞ。場違いだ。まるで俺たちの関係のように激しくズレている。

だが、チャンスは今しかないかも。

「あ、あのう……」

言え、言うんだ。俺と結婚してください——いや、それはあまりに唐突か。結婚を前提に……じゃなくて、まずはパリ行きの話から——。

「以和ちゃん、どうしたの？　そんなに緊張することないわ。昔は海へ行ったりして、一緒に遊んだじゃないの」

華ちゃんはふふふと笑った。

「は、はあ……」

そう言われると、余計に緊張する。

「でも、もうすっかり大人だものね。光至もね、いつも言ってるのよ。以和はどんどん腕を上げてる、俺も負けないようにがんばらないと……って」

「は？」

意外な一言に緊張が飛んでしまった。初耳である。

「あ、あいつがそんなことを？　会うとけなされてばかりなんだけど……」

「面と向かって言うのが照れくさいだけで、心の中では尊敬してると思うわ。それに、光至は以和ちゃんの勧《すす》めでアナウンサーになったから……がっかりさせたくないのかもね」

それも初耳だった。初耳どころか、まったく記憶にない。しかし、華ちゃんの言葉が正しければ、光至は俺の一言で職業を選択したことになる。

とんでもない話だ。さっきとはまったく違う意味で手が震える。冗談じゃなく、俺は本当に健忘症なのか？　それとも、ただいい加減な口先男なのか。

「あの、それって……いくつぐらいん時の話……？」

華ちゃんは首を傾げた。

「高校生の時でしょう？　『光至は教科書を朗読する声がいいから、アナウンサーに向いてる』って以和ちゃんに言われたって。それであの子、放送研究会に入ったのよ。あら、あたしの勘違い？」

「あー、あれか！　ああ、そうそう……」

適当に相づちを打っていると、心臓が痛くなってきた。覚えてない。というより、それもたわいない話のうちのひとつ、ちょっとした感想だったんじゃないだろうか。

そう、誰だってそんな話をする。本気で言ってるわけじゃない。

でも、光至は……光至は――。

「光至はずーっと、以和ちゃんが大好きだもの。中学も高校も同じところへ通いたいって言って、両親を説得したぐらいだし……」

「へ、へえ……」

知らないぞ、そんな話。それも俺のせい……？

「小さい頃にもらったガイア・レンジャーの目覚まし時計、いまだに使ってるのよ。もう、何度も何度も修理に出して……いい歳して、旅行や出張へも持っていってるわ」

華ちゃんは半ば感心しつつ笑っている。やっぱり、魔法の時計ってのはそれか。

「あー、はは、ははは……物持ちいいなあ」

一緒に笑いながら、俺はいたたまれなくなってきた――何なんだよ、その健気《けなげ》さは！

「はい、お待たせ」

奥から、ケーキ箱を持った光至の母親が出てきた。俺は礼を言い、逃げるように「パ・ド・ドゥ」をあとにした。せっかくのチャンスをふいにしたわけだが、それどころではなかった。

店の裏手にある実家へ寄って冷蔵庫にケーキを入れ、勝手口から店に入る。あの低い声がテレビ画面から流れてきた。

『それではここで、報道センターからニュースです』

俺はドキッとして顔を上げた。光至がテレビの中からこっちを見ている。突然、下腹部が熱くなった。

「おい、以和、ぼーっとつっ立ってねえで、とっとと仕事に――」

親父の言葉を無視し、俺はトイレに駆《か》け込んだ。カギをかけてそっと甚平の前をめくり、チノパンツの膨《ふく》らみを見た。汗が額《ひたい》に浮かんだ。

なんで反応してるんだ、俺のバカ。外では親父が早く来いと怒鳴っている。でも、このままじゃ出られない。

仕方なく、俺はファスナーを下ろした。

「う……」

勃《た》ち上がったものを掴み、刺激を与える。

(この程度で出るのかよ……しょうがないな)

低い声に耳の奥をくすぐられ、うなじの辺りに痺《しび》れが走った。俺の指は光至の指の動きを反芻《はんすう》する。すると、情けないほどに悦びが湧き上がった。

「は……っ――あ……あっ……――!」

歯を食いしばり、束《つか》の間の絶頂感に浸る。トイレットペーパーで後始末をしていると、涙が出そうになった。

チクショー、何やってんだ、俺。今、あいつをオカズにしたぞ。それでもって、すげえ感じちゃったぞ。

「なんだ、腹でも下《くだ》したのか？」

トイレから出てきた俺に親父が言った。姉貴も顔をのぞき込む。

「あんた、なんか顔色悪いわよ。風邪？」

「……いや……」

チラッと目を上げると、また光至の顔が目に入った。

『続いて、今日これからのお天気と星占いです』

カーッと全身が熱くなる。姉貴が言った。

「やだ、赤くなってきた！　あんた、熱計《はか》んなさいよ」

「な、なんでもねえって！」

確かに少し熱っぽいような気もしたが、自家発電のせいだろうと仕事に戻った。

午後二時を回ったところで、一旦アパートへ戻った。だるいので少し横になろうと考えたのだ。飯を食いにやってくる光至と顔を合わせたくないというのもあった。

だが、甘かった。向こうからやってきたのだ。

「以和」

光至の声に、俺はベッドを下りた。

「な、なんだよ」

だが、ドアを開ける勇気がなく、中から答える。

「具合が悪いみたいだって、聖子ちゃんに聞いたから……」

心臓が大きく鳴った。

「へ、平気だ」

じっと待ったが、光至が去る気配はない。ドア一枚隔《へだ》て、お互いに様子を窺《うかが》っている。

なんだよ、いつも強引なくせに、どうしてこういうときに限って待ってるんだ——たまらなくなって、結局、俺はドアを開けた。

「——思ったより元気そうだな」

スーツ姿の光至が俺を見た。俺は視線を逸らす。自家発電のせいで、まともに顔が見られない。

「だから、平気だっつっただろ……」

「熱は？」

突然、光至の手が俺の額に触れた。ビクンと身体が揺れる。振り払うことも動くこともできなかった。ただ、身体がカーッと熱くなる。

「……うん、ちょっと熱いな」

（光至はずーっと、以和ちゃんが大好きだもの）

息が苦しい。なんだよ、なんでこんなタイミングで来るんだよ。華ちゃんの口からあんなことを聞いたあとじゃ、オナったあとじゃ、どう接すればいいのかわからなくなるじゃないか……。

「以和？」

妙な雰囲気を感じ取ったのか、光至は怪訝《けげん》そうに俺の顔を見つめる。

思えば俺はいつも、好きな相手には自分から向かっていくタイプだった。どの恋もそうだった。今回は違う。こんなふうに想われたことはない。だから変なんだ。それだけだ。恋とか愛とか、そんなんじゃない。妙な一途さにほだされただけで、別にそれ以上の気持ちなんか——。

「……以和」

光至は後ろ手にドアを閉めると、黙ったまま動こうとしない俺を抱きすくめた。

「……っ……」

声が出ない。動けない。心臓が大きく鳴る。

広い肩、硬い胸。背中に回された腕はがっしりしていて力強い。

結婚する——俺、本当にそう言ったのかもしれない。高校時代の「アナウンサーに向いてる」発言を覚えていないぐらいなんだから、その確率は高い。でも本気ではなく、慰《なぐさ》めようと思ったとか、軽い気持ちだったんじゃないだろうか。

問題は、光至がそれを信じたということだ。俺が信じさせた。

想いを見せず、辛《つら》い顔を隠し、光至はずっと努力してきたんだ。キー局のアナウンサーになれたにもかかわらず、俺と結婚してゆくゆくは「太子屋」の婿養子（または嫁）になる覚悟も固めてきたんだ。

俺は華ちゃんにずっと憧れていた。これまでつきあった彼女だって、それなりに好きだった。でも、こんなふうに俺を想ってくれた相手、今までいただろうか。

光至の息が首筋の辺りにかかる。

そういえば、と俺は思った。あんなことやそんなこともしたのに、光至はまだ一度も俺の唇《くちびる》にキスしていない。

それに気づいた途端《とたん》、膝から力が抜けた。光至の腕が身体を抱きとめてくれなければ、その場にしゃがみ込んでいただろう。

「おい……どうした。大丈夫か?」

低い声が頬《ほほ》をかすめた。視線が合う。離せない。

「心配させるなよ――」

光至の手が優しく背中を撫でた。俺は思わず、その肩にしがみつく。

「以和……?」

俺は光至の何を知ってるんだろう。ずっと一緒だったが、一緒にいただけで何も知らないんじゃないか。

そう、視界に入っているだけで何も見ていなかった。理解しようとか信じてやろうとか、深くつきつめて考えていなかった――今までは。

顔を上げると誘うように唇が近づいてくるのがわかったが、動けなかった。俺はぎゅっと目を閉じ、その瞬間を待つ。

ここで今キスしたら、イエスってことになるんじゃないだろうか……。

(嘘つき)

声が聞こえ、俺は目を開いた。思い切り光至を突き放す。

「え?」

光至はあっけに取られて俺を見た。

「か……風邪みたいだから、感染《うつ》ると、まずい――」

そう言うと、俺は後ずさった。

光至は何か言いたそうだったが、結局何も言わずに出ていった。去り際《ぎわ》に見せた眼鏡の奥の瞳は、少し寂しげだった。

しばらくしてから、そっとドアを開けて外廊下を見た。光至がいないことを確認し、俺はふらふらしながら店に戻った。

「ああ、戻って――ちょっと以和、あんた大丈夫?」

入ってきた俺を見て、おふくろが心配そうに眉《まゆ》をひそめた。

「……へ？」

「顔、真っ赤じゃないの」

「おい、甘やかすんじゃねえ。そのぐらい働きゃ治る」

親父の声が飛ぶ。

「ああ、平気だよ」

俺はうなずく。だって、俺はここの跡取りで商店街の兄貴分で、約束をちゃんと守る男だから。光至のことだってそうだ。

さっき、キス直前に聞こえた「嘘つき」という声は、光至のものじゃない。あれは俺の声だ。嘘つきとは光至じゃなく、華ちゃんに何も言えないくせに感情に流されてキスしそうになったずるい俺のことだ。

そうだ、俺が振り回されてるんじゃない。俺が光至を振り回してるんだ。ずっとそうしてきたんだ。光至が言ってることを理解したくなかった。受け止めるのが怖かった。あいつの言葉、気持ちは一貫しているから。

あいつにしてみれば俺の言葉、気持ちがわからないだろう。俺自身にも俺の気持ちがわからない。ただ、ひとつだけはっきりしているのは、俺が本当に——最低な男だということだ。

「責任、取んなきゃ……」

頭の中に、ぶわーっと熱いものが流れ込んできた。目が回る。

「ちょっと、以和!?」

悲鳴にも似た姉貴の声と共に、視界が真っ白になった。

＊＊＊＊＊

「もー、忙しいってのに……」

俺は重いまぶたを開けた。ブツブツ言いながら、姉貴が部屋へ入ってくるのが見えた。手にした買い物カゴの中からは鍋《なべ》が登場した。きっと穴子雑炊だ。

「いい……食いたくねえ……」

「冗談じゃないわよ、とっとと食べて早く治してよ！」

甲高《かんだか》い声が頭に響く。

昨日、俺は三十九度の熱を出して店で倒れた。親父に抱《かか》えられるようにしてアパートに戻り、丸一日、眠っていたのだ。

「何度？」

「……三十八度」

熱を計ってからベッドに半身を起こして、雑炊を食べる。

「男ってどうしてこう熱に弱いんだか……それ食べたら、中村医院へ行ってよ」

俺はしぶしぶうなずく。

昨日は動ける状態ではなかったので、まだ医者へは行っていなかった。できることなら行かずに済ませたいが、姉貴が言うとおり、早いところ治して店に出なければならない。

菌《きん》や熱と一緒に、身体の中に光至への様々な感情が残っている。出ていってくれない。

昨日、あんなふうに突き放したことを俺は少し後悔していた。ベッドでうんうんうなりながら、光至がここにいてくれたら……とも思った。

どうしよう、俺はおかしい。これじゃまるで、あいつがいないと寂《さび》しいみたいだ――。

「あんたがこんなに熱出したの、小学校以来じゃない?」

俺は黙っていた。そんな気もするが、どうせはっきり覚えちゃいないのだ。ああそうだ、どうせそうだ。そんな男なんだよ、俺は……と胸の中で自分に悪態をついていると、突然、姉貴が懐《なつ》かしそうに言った。

「確か夏休みで――そうそう、あんただけ海へ行けなかったのよ!」

海というのは光至の祖父母の郷里《きょうり》を指す。小学校を卒業するまで、毎年夏はそこで一週間ほど過ごしたのだ。

「光ちゃんが『以和ちゃんが行かないなら、僕も行かない』って大泣きしてさ。あとで聞いたけど、俺の代わりに……ってなんとか戦隊の目覚まし時計あげたんだって？」

俺は熱っぽい頭で考える。

「……姉貴、それってもしかして、俺らが三年ん時？」

「ええと……そうね、あたしは六年生だったから」

「……ダメだ、覚えてない」

ガイア・レンジャーの時計も、光至がそんなに泣いたことも。

でも、と俺は思う。光至は言った——「結婚の約束をしたのは十五年前の夏の海」だと。

変じゃないか？　姉貴が正しければ十五年前の夏、俺は海へは行っていない。行ってないということは、そんな約束はしてないってことになる。

雑炊を食い終えてから、俺はモヤモヤした頭とだるい身体を抱えて中村医院へ行った。

診断はやはり風邪。ストレスも溜《た》まっているようだから、ゆっくり休むようにと言われた。

「以和ちゃん、風邪？　珍《めずら》しいねえ」

処方箋《しょほうせん》を持って近くの薬局へ行くと、顔見知りの薬剤師が気の毒そうに言った。

「ははは—、なんとかは引かないっていうからな」

俺はヤケクソ気味に笑った。

「そうだ、『パ・ド・ドゥ』の華ちゃんの話、聞いた？」

「ああ、パリへ行くってんだろ?」

「それだけじゃないよ、結婚するんだって」

「へ……?」

誰と? まさか、俺? 覚えてないけど、もしや俺は彼女にプロポーズしたのか?

「親父さんの知りあいのシェフなんだって。その人が向こうで修業するんで、ついていくらしいよ」

「で、でも、経営の勉強だって聞いたけど――」

「それも兼《か》ねてるんじゃないの? 戻ってきたら、一緒に店を継ぐって話だから」

俺はもらった薬袋を呆然と握《にぎ》りしめた。それからふつふつと怒りが込み上げてくる。

なんだよ、光至の野郎。初めから俺に勝ち目なんてなかったんじゃねえかよ。二週間の猶予《ゆうよ》をもらったところで、結果は同じだったんだ。

「お大事に」

返事もそこそこに俺は薬局の外へ出た。また熱が上がったような気がする。

「……嘘つき」

晴れ渡る空を見上げ、俺はつぶやく。

あいつも俺に嘘をついた。華ちゃんと結婚できる確率なんて、ゼロだったんだ。俺の身体をいじくり回して、面白がってただけなんだ。

俺は立ち止まった。じゃあやっぱり、俺との結婚話も嘘なんじゃないか？　だって俺は十歳の夏には海へ行ってないんだし……。

わからないことだらけで涙が出てきた。頭がガンガン鳴り、節々《ふしぶし》が痛む。だが、いちばん痛いのは心だった。騙《だま》されたと思うと悲しくてたまらない。

「なんだよ……もう、全然わかんねえよ……俺、バカなんだからよ――」

俺は涙を拭《ぬぐ》い、アパートに戻った。薬を飲み、パジャマに着替えているとドアをノックする音がした。

「はい？」

「俺」

光至だった。俺はドアを開けるやいなや、叫んだ。

「帰れ！　お前のツラなんか見たくねえし、声も聞きたかねえんだ。お前の言うことなんか、金輪際《こんりんざい》信じない」

テレビ局からの帰りなのだろう、いつものようにスーツ姿の光至が立っていた。

「熱出したって聞いたから……」

穏《おだ》やかな声だった。手には「あかね堂」のたい焼きの包みがある。俺の好物だ。優しさに胸が詰まる。

少し前まで、ただの幼なじみだったのに、一番の親友だったのに――もう、戻れない。

俺がこいつを見る目は変わってしまった。もう悪友じゃない。ライバルでもない。

「帰れ、バカ、大嘘つき！　華ちゃん、結婚するんじゃねえかよ！」

揺れ動く思いをコントロールできず、俺はまた怒鳴った。

「以和？」

「俺はあの夏、海へ行ってねえじゃねえか！　結婚の約束なんかしてないんだろ？　俺をからかって、面白がってただけなんだろ？」

ついに涙があふれてきた。

「嘘なんかじゃない、俺は――」

光至は首を振った。

「嘘つき、光至の嘘つき！」

言った瞬間、目の前にいる光至が、幼い子どもに戻っていくような錯覚を覚えた。

「お前なんか嫌いだ、大嫌いだ！　もう絶交だ！」

同時に、俺自身も子どもへと戻る。情けない。だが、言えば言うほど辛くなり、俺はドアを乱暴に閉めた。

「以和、俺は嘘なんか言ってない！　ずっとお前だけを見てきたんだ」

光至が乱暴にドアを叩く。

「うるせえ！」

親を説《と》き伏せて俺と一緒の学校に通ったこと、俺の一言でアナウンサーになったこと、今も大事に時計を使っていること、うちの店に入る覚悟があると言ったこと——俺は嬉しかった。感動していたのだ。

エッチなイタズラも、百歩譲って許したとしよう。幼なじみの悪友のタチの悪すぎる冗談だと忘れてやってもいい。でも、何より許し難《がた》いのは——。

(光至はずーっと、以和ちゃんが大好きだもの)

そうだ、こんなに胸が痛むのは騙されたからじゃない。「好き」という言葉が消えてなくなってしまったからだ。

心のどこかで、俺は感じ始めていたのだ。あいつの言葉が真実なら、他はどうでもいいんじゃないかと。俺みたいなバカを一途に愛してくれるのなら、俺もそれを信じるべきだと思ったのだ。なのに……。

「以和、開けろよ！　クソッ、今さらこの十五年をなかったことになんかできるかよ！」

俺は耳を塞《ふさ》いだ。

5

遠くのほうで、何かの音がした。虫の羽音《はおと》に似ている。

「……うーっ……」

俺は寝返りを打った。目が開く。

今日は木曜。昨日の絶交宣言のあと、熱はまたぶり返し、俺はベッドの住人になった。店が定休日の今日中にはなんとか回復したい。熱はやや下がってきたが、まだ頭痛が残っていた。熱のせいか、ケンカのせいか、単なる寝すぎなのか、もうわからない。

バラバラ……という羽音が大きくなる。俺はカーテンを引き、窓を開けた。ヘリコプターが上空を旋回《せんかい》している。東テレが近いので、よくあることだ。何か事件でもあったんだなと思いつつ、ベッドから下りた。水を飲みながら、ぼんやりする。

寝ている間、俺はずっと変な夢を見ていた。「結婚するって言ったよな?」と光至に尋ねる夢だ。光至はうなずいてくれて、俺は安心する。ところが次の瞬間、光至は「でも、もう遅いんだよ」と立ち去ってしまうのだ。

俺は光至を追いかける。だが、追いつけない。無理もない。光至は大人なのに、俺は十歳のままだからだ。走っても走っても、泥《どろ》に取られたように足は重く、やがて光至の背中は消えた。

十歳の俺には、泣くことしかできなかった。追い続けるのは、こんなにもキツイことなんだ——目を覚まし、俺はようやくそれに気づいた。

恋人がほしいなら探せばいい。でも、小さい頃からずっと一緒に育ってきた親友、幼なじみは光至以外にいない。今失ったら、もう二度とそんな存在を作ることはできない。成長と共にお互いが変わり、関係が変わっていったとしても——誰も光至の代わりにはなれない。

「もう、遅いんだよ……」

夢の中の言葉を口にすると、また涙が込み上げてきた。こうなった以上、普通の友達にすら戻れない。もう終わりなんだ、と絶望的な気持ちになる。

と、部屋の電話が鳴った。

『以和、起きてる？』

おふくろだった。俺は涙を拭う。

「ああ」

ぼんやりと時計を見る。午後三時だった。もう、光至は東テレから戻ってきただろうか

――。絶交したのに、まだそんなことを考えてしまう自分がイヤだった。

『テレビ、観た？』

なんだか切迫した声だった。

「いや」

『東テレ、すぐにつけて！　光ちゃんが大変なんだよ！』

言われるままにテレビをつける。いつもなら、この時間帯はドラマの再放送をやっているはずだ。

だが、今日は違った。東テレ社屋《しゃおく》の中央玄関が映る。パトカーや警官の姿をバックに、マイク片手に厳しい表情のアナウンサーがしゃべっている。生中継らしい。ヘリが近くを飛んでいたのはこれのせいかと気づく。

画面上部には「刃物男、東テレを占拠《せんきょ》！」という文字が出ていた。そのすぐ下に、モノクロの小さな画面が挿入されている。東テレのロビーの映像だ。スキーマスクを被った黒ずくめの男がおり、その前に女性と男性がひとりずつ立っている。

女性は東テレの制服を着ていた。その隣にいる男は長身で、スーツに眼鏡をかけ――。

「え……光至？」

俺はよく観ようと思わずボリュームを上げた。だが、そんなことをしても映像が広がるはずもない。仕方なく、画面に顔をくっつける。小さい画《え》だが間違いない。光至だ。

『……警備員は腿を刺され、現在、病院で手当てを受けていますが、命に別状はないとのことです。人質《ひとじち》になっているのは、東テレ総務部の河合陽子《かわいようこ》と日高光至アナウンサーで――』

俺はスイッチを切ると急いで着替え、部屋を出た。実家へ駆け込むと、家族全員がテレビに釘づけになっていた。姉貴が泣き出しそうな顔で俺を見る。

「ああ、以和……」

「な、なんでこんな――いつから……?」

「三十分前からだってよ。クソ、なんてことしやがるんだ!」

親父が腹立たしげに言った。

レポーターの説明によれば、刃物男がロビーに入ってきたのは午後二時過ぎだという。社長に恨《うら》みがある、社長を連れてこいと叫んでいるが、詳《くわ》しい動機、身元は不明。光至はたまたまそこに居合わせ、事件に巻き込まれたらしい。

「きっと帰るところだったのよ。光ちゃん、いつもそのぐらいの時間に……」

おふくろの声が震えている。

小さい画面は警備室のモニター画像をそのまま放映しているとかで、はっきりしない。音声も入らない。ただ、現場がテレビ局なだけに、音声は入らないものの、すべてが生々しく中継されているのだ。エントランスのガラスの向こうには、武装した警官や機動隊員《きどうたいいん》の姿が見えた。男の手には刃物があり、時折、振り回す様が映る。かなり激昂《げっこう》しているようだ。

誰も何も言わなかった。ただ黙って、食い入るように画面を見つめている。何かしなければ、光至を助けなければ――と思うのだが、どうすればいいのかわからない。握りしめた手の中に汗が滲む。

事態が一変したのは、それから十分ほど経った頃だった。

「あっ！」

全員が叫んだ。女性に突きつけられた刃物を光至が払ったのだ。男はその刃物を光至目がけて振り下ろす。

「いやーっ！」

姉貴の声が響いた。次の瞬間、警官や機動隊員が一気になだれ込んだ。小さな画面は黒ずくめの男たちで覆《おお》い尽くされ、光至の姿は見えなくなってしまった。

『あっ、たった動きがあった模様です。中の様子は――まだよくわかりません！　男は検挙されたんでしょうか！　人質の身柄は――』

中継現場も大混乱に陥っている。俺は心臓が口から飛び出そうだった。

ここにいてもらちが明かない――俺は立ち上がった。

「以和、座ってろ！」

親父が一喝《いっかつ》する。

「で、でも——！」

「慌てんじゃねえ。今、お前があそこへ行ったって、どうせ何もできやしねえんだ！」

確かにそのとおりだ。俺は腰を下ろしかける。でも——。

「……ダメだ！」

「おい、以和！」

「『パ・ド・ドゥ』へ行ってくる！」

そう言い残し、俺は家を出た。スクーターに乗り、人けの少ないアーケードを抜ける。

「パ・ド・ドゥ」のドアには臨時休業の貼り紙があったが、周囲には見知った顔も駆けつけていた。俺同様、みんな心配して来たのだろう。

勝手知ったるなんとかで、俺は裏口の戸を叩いた。

「おじさん、おばさん！　誰かいますか？」

声を張り上げると、細く戸が開いた。真っ青な顔をした華ちゃんの顔がのぞいた。

「あ、以和ちゃん！」

「光至は？　なんか連絡あった？」

華ちゃんは首を横に振る。背後からおばさんが顔を出した。

「おじさんは？」

「お父さんだけ近くまで行ってるの。何かわかったら、連絡するからって……」

ふたりとも震えている。俺も怖かった。だが、一緒に震えていても仕方ない。

「大丈夫だ！　絶対に無事だって！」

俺は中へ入れてもらい、一緒に画面を見守った。テロップの文字が「刃物男、逮捕！」に変わっている。東テレの外に停《と》まっている救急車にタンカが運び込まれるところが映った。

『今、人質のひとりが病院へ運ばれるようです。無事だという情報が入っていますが、詳しいことは――』

おばさんがふらついたのでイスに座らせる。水を飲ませていると、おじさんから救急車に同乗するという電話が入った。光至も社員の女性も隣町にある大学病院に搬送《はんそう》されるらしい。

通話を切ると、間髪入れずにパトカーが「パ・ド・ドゥ」の前に停まった。病院へ連れていってくれるという。一緒に行ってと華ちゃんに頼まれ、俺もパトカーに乗った。

三十分後に着いた病院周辺は警察や報道関係者、ヤジ馬らで騒然としていた。

警官に案内されたのは救急病棟だった。待合でおじさんが待っていた。

「ああ、以和ちゃんも来てくれたのか」

おじさんは険しい顔つきで俺たちを見た。

「光至は？」

おばさんが尋ねる。

「刺されたとか、そういった怪我《けが》はないらしい。女の子も無事だそうだ」

「よかった……」

三人ともほっと息をつく。だが、おじさんは言いにくそうに続けた。

「ただ、警官が突入した際、かなりの混乱状態になって……光至は倒れて、床で頭を打ったらしいんだ」

「え……？」

「意識がなくて——今、脳波の検査をしてもらってる」

華ちゃんは今にも泣き出しそうな顔で俺を見た。

「ど……どうしよう……」

俺も胸が切り裂かれそうになる。だが、いつもの光至の姿を思い浮かべて言った。

「大丈夫、あいつはすぐに目を覚ます」

そうだ、俺のささいな一言でアナウンサーになっちまうぐらい、十五年も俺を待ったぐらい忍耐と根性のあるヤツなんだから。

「光至は強いヤツだから、すぐに目を覚まして、俺たちんとこへ戻ってくるって」

俺は強く言い、華ちゃんの肩を叩いた。

それから一時間後、検査を終えた光至が病室へ運ばれてきた。顔に小さな切り傷があったが、それ以外は何も変わらない。ただ眠っているように見える。

医師の話では、脳にも他の部分にも内出血などの異常は見られないという。しばらくこのまま様子をみましょう、とのことだった。

俺は帰らず、ずっと病室にいた。光至が目を覚ました時、そばにいたかったのだ。

その日の夜中、三十代の男が病室を訪《たず》ねてきた。優しそうな人だった。華ちゃんの婚約者だという。そこで彼女の口から初めて、近いうちにパリで彼と結婚する予定だ、という話を聞いたが、華ちゃんのことはもうどうでもよかった。光至が無事に目を覚ましてくれることだけを俺は祈り続けた。


まんじりともせずに夜が明けた。依然として光至は目を覚まさない。一旦帰ろうという話になり、おじさんを残して病院を出た。

俺も家へ戻ったが、親父が「店はいい、そばにいてやれ」と言うのでシャワーを浴びて着替え、おふくろが用意してくれた握り飯などを持って、またすぐに「パ・ド・ドゥ」へ取って返した。おばさんはかなり疲れているのでそのまま休ませることにし、華ちゃんが折り返し病院へ行っておじさんと交代することになった。

「ごめんね、以和ちゃん、お店あるのに。おじさんやおばさんにも迷惑かけて……」

握り飯を手に、華ちゃんは力なく言った。

「何言ってんだよ、こういうときはお互いさまだろ？　こんなときに店で働いてたら、親父にぶっとばされるよ。光至は俺の――俺にとって、大事なヤツだから……」

親友、悪友、幼なじみ、ライバル……何だっていい。俺の焼いた穴子がわかるヤツは、世界中を探したってあいつの他にはいない。

一方的に怒鳴ったことを謝りたかった。寝たきりのあいつじゃなく、ちゃんと意識のあるあいつに。そしてもう一度、お前は本当にバカなヤツだなと笑って許してくれたら――。

「でも、以和ちゃん……光至、このまま目が覚めなかったら――」

華ちゃんは初めて涙を見せた。俺の言葉に張り詰めていたものが緩《ゆる》んだのだろう。そのまま聞いていると俺も泣きそうだったので、空元気《からげんき》を出した。

「バ、バカなこと言うなよ！　どこも悪くないって医者も言ってたじゃないか！　いつ目を覚ましても大丈夫なように、あいつが普段使ってるものを持っていこう。本とか服とか――」

そこで俺はハッとした。

「は、華ちゃん、あれを持っていこう。ガイア・レンジャーの目覚まし！」

「え？」

華ちゃんはびっくりしたように俺を見る。

「他に何か……光至が好きなデザートとか……」

「ええと……冷たいものなら残ってるかも」

「じゃ、それも。あとは――」

そう、それから――あれしかない。

「俺、忘れ物取ってくるから待ってて。三十分したら、もう一度来るから！」

「い、以和ちゃん？」

スクーターに跨がると、俺は超特急で店に帰った。そして親父と俺とで一匹ずつ、穴子を焼いた。それを持って「パ・ド・ドゥ」へ戻り、華ちゃんと病院へ出かけた。

病室の前にはまだ報道陣、ヤジ馬がつめかけていた。わざわざ運んだ商店街の人たちの姿も見えた。

病室では、憔悴《しょうすい》したおじさんが待っていた。そして、光至はまだ目を覚まさない。俺は華ちゃんからガイア・レンジャーの時計を受け取ると、きっかり一分後にアラームをセットした。

「以和ちゃん、何するの？」

「これで起こすんだ」

おじさんも華ちゃんも「正気か？」という顔をした。

「バカバカしいのはわかってるよ。でも、やってみる価値はあるだろ?」

一分経ち、リリリリリ……とけたたましい音が鳴り響いた。起きろ、起きろ、起きろと心の中で唱《とな》えながら、俺は光至の枕元に時計を近づける。

「光至!」

我慢しきれず、俺は叫んだ。

お前がいなくなったら、出会ってからの二十年が消えてなくなりそうで怖いんだ。これから歩いていく未来もどっかへ行っちまいそうで——そんなの絶対にイヤなんだよ。

「光至!」

だが、光至は動かない。騒ぎを聞きつけた看護師がやってきた。

「何してるんですか! 他の患者さんの迷惑になりますから——」

俺は鳴り続ける目覚ましを光至の頭の上で振り回し、もう一度怒鳴った。

「光至、起きろ!」

神さま、と心で祈る。こいつが言ったことが全部嘘でもいい。何をされても構わない。だから神さま、こいつを返してください。大嫌いなんて言ったまま、絶交したまま、二度と会えないなんて困る。

俺には、こいつが必要なんだ。

「ちょっと、あなた、やめなさ——」

「光至、俺の声が聞こえないのかよ！」

光至の言葉が耳によみがえった。

（なかったことになんかできるかよ！）

そうだ、誰にも渡したりしない。その相手が神さまなら、余計に渡すわけにはいかないんだ。だってこいつは俺ん家《ち》の婿養子になるんだから。一緒に「太子屋」を継ぐんだから。

「クソッ、起きろっつってんだよ、この根性なし！　起きて、俺の焼いた最高傑作《けっさく》の穴子を食ってみやがれ！」

光至の目が開いた。まるでロボットのようにむくっと半身を起こすと、手を伸ばして俺が持つ目覚ましのアラームを止めた。そして、あ然としている俺に向かって低い声でこう言ったのだ。

「うるさい……何が最高傑作だ、この嘘つき」

俺を含め、その場に居合わせた全員が、何が起こったのかわからなかった。

「――バカっ！　心配させせんじゃねえよ！」

温かい、生きてる――そう思ったとたん、涙があふれ出した。

「も、も、もう起きないかと思ったんだぞ、チクショー！」

あとは言葉にならなかった。気づいたら、俺は光至の首にしがみついていた。涙がとめどもなく流れ、ワーワー泣いた。光至の大きな手が、俺の背中を抱きしめる。

「以和」

「……なんだよっ！」

「――ここは病院だな。俺はどうして病院にいるんだ？」

光至は心底不思議そうに尋ねる。俺は身体を離すと手短かに説明した。

「じゃあ、彼女は無事だったんだな」

「おうよ、お前のおかげだ。お前はヒーローだ。でも、ヒーローが死んだら困るだろ？　だから俺は……」

そう言うと、また涙が出てきた。

「以和――俺たち、絶交したんじゃなかったか？」

光至は優しい目で俺を見つめる。

「そ……そんなこと言ったか？　お前、夢でも見てたんじゃねえのか？」

「そうか……そうかもな」

俺の言葉に光至は満足げにうなずき、続けた。

「……まあ、何はともあれ、お前が素直になってくれて俺は嬉しい。でもな――」

「なんだよ。やっぱりもう、俺が嫌いになったってのかよ。俺はようやく――」

涙目で訴《うった》える俺に、光至は首を振った。

「いや、そうじゃなくて……みんなが見てるんだが――」

「……へ?」

光至にしがみついたまま顔だけ振り返ると、華ちゃんとおじさんが目頭《めがしら》を押さえながら見守っていた。それだけではない。医師も看護師さんも部屋の入り口付近にいた入院患者らも、麗《うるわ》しい友情にもらい泣きしているではないか。

「げっ!」

「きゃ、以和ちゃん!」

慌てて光至から離れると、頭がくらっとした。視界が歪《ゆが》む。

華ちゃんの声を合図に、俺は失神した。

(以和ちゃん)

——泣き声が聞こえる。光至の声だ。

頭が重くて、身体が熱い。でも、光至が泣いてるから起きなきゃ。

(なんだよ、光至……また誰かにいじめられたのか? いちいち泣くな。泣くから、いじめられんだぞ)

(違うよ、以和ちゃん、海へ行けないって聖子ちゃんに聞いたから——)

俺だって海へ行きたい。泳いで、スイカ割りして、花火やって、お祭りに行って……光至のおじいちゃん家《ち》で過ごすのは楽しい。でも、熱があるから母ちゃんがダメだって。

（しょうがねえだろ……頭痛いし）

光至は目にいっぱい涙を溜めて、俺を見つめている。泣きたいのは俺のほうなのに……でも、俺が泣くと光至ももっと泣くから、我慢しよう。

（以和ちゃんが行かないなら、僕も行かない）

（ワガママ言うなよ。そうだ、ガイア・レンジャーの時計やるから……俺の代わりに海へ持っていけ）

（いらない、以和ちゃんのほうがいい）

（バーカ、俺がすげー大事にしてんだぞ）

光至はしぶしぶうなずく。

（お前……そんなんでどうすんだよ。レストラン継ぐんだろ？　泣いてばっかじゃ、ダメじゃねえか）

咳《せ》き込みながら、俺は言った。

（継げないよ。だって僕の舌、変なんだもん。お父さんもそう言ってる。みんなが苦いっていうピーマンもブロッコリーも僕は苦くなんかないし、にんじんとジャガイモは同じ味がする。すっごく辛《から》いカレーも全然辛いと思わないし……）

そう言うと、光至はまためそめそと泣いた。

（でも、お前……うちの父ちゃんが焼く穴子、好きだろ？）

光至は顔を明るくした。

（うん、大好き。ご飯は毎日、穴子がいい）

（……しょうがねえな。じゃあ、うちの子になっちゃえ）

（……結婚するってこと？）

熱が上がったらしく、俺は頭がボーッとしてきた。

（以和ちゃん、大人になったら結婚してくれるの？　僕のこと、ずーっと守ってくれる？）

（えー？　お前、何言ってんだ……男はお嫁さんにはなれないぞ？）

（でも、うちのお父さん、お母さんのとこにお嫁に来たんだよ？）

なんだかよくわからないが、面倒になってきた。早く寝たくて、俺はうなずく。

（わかった、結婚する）

（いつになったら？　二十歳ぐらい？）

（ええと……二十五。うちの父ちゃん、二十五で母ちゃんと結婚したから）

光至は涙を拭う。

（ほんとに？　約束してくれる？）

（あー、わかった、するする。だからもう……）

（絶対だね？）

（うん、絶対だ）

光至の瞳がキラリと光ったように見えた。

意識が戻ると、俺は光至の隣のベッドで点滴を受けていた。おふくろがいる。疲労と興奮と治り切っていなかった風邪のせいで、また熱が出たんだよと教えてくれた。

光至は……と横に視線を移すと、俺より元気そうな顔で穴子を食っていた。

「こっちがお前が焼いた穴子だろう？　わかるんだよ、俺には」

何もなかったかのように言われ、俺はバカ野郎と返した。

結婚の約束は嘘じゃなかった。俺は覚えてなかったけど、ちゃんと約束した。光至が望んだから、約束したんだ。守らなくちゃ……今もそれを望んでくれてるなら。

ぼんやりしている俺に、光至は笑って続けた。

「でも、今日のはおじさんのより美味《うま》いぞ」

味オンチのくせにと答え、俺はまた目を閉じた。

6

「あー……えーと、そんで……」

光至を前に、俺はいつになく緊張しまくっていた。場所は光至の部屋である。ソファの隣には部屋の主《ぬし》が座っている。時刻は夜の十一時を回っていた。

「刃物男、東テレ占拠事件」から一週間が経った。光至は警察から感謝状をもらい、東テレ社長も「パ・ド・ドゥ」にあいさつにやってきたという。大事を取って三日間だけ休みをもらったそうだが、渦中《かちゅう》の人物ということもあり、局側は早く番組に復帰させたかったらしい。つまり、光至は正真正銘の有名アナウンサーになったのだ。

俺はというと、あの日だけ病院のベッドで過ごし、翌日退院した。バカをさらけ出しまくりで死ぬほど恥ずかしかったが、「刃物男逮捕に一役買った光ちゃんの勇気」と共に、「幼なじみの友情を発揮した以和ちゃんの心意気」として商店街中の涙を誘った。どいつもこいつもみんなバカだ、と思った。

そして今日、世話になった礼にとおじさん、おばさんが俺と家族を食事に招待してくれったのだ。美味いフレンチをたらふく食い、そのまま光至の部屋へ入り込んだというわけだった。

「どうするんだ、姉貴のことは……」

光至に聞かれ、俺は落ち着きなく座り直した。こうしてふたりきりで会うのは久しぶりなので、やけに緊張する。

「え？　ああ——もういいんだ……」

華ちゃんはもうじき、婚約者のあとを追ってパリへ旅立つ。そして半年後、向こうで結婚式を挙《あ》げるという。本当ならとっくに行っているはずだったのだが、事件のせいで先送りになったらしい。

「以和が納得してるなら、俺はいいが……」

低い声で光至は言った。

「納得も何も、決まった相手がいるんだ、しょうがないだろ」

「だからって、見込みゼロってことはない。そんなことを言い出したら、何だってそうだろう。俺だって同じだ」

俺は光至の顔をまじまじと見つめる。

「以和が本気で、姉貴もそれを受け入れたら……仕方ないと思ってたさ」

光至は眼鏡の位置を直すと続けた。

「恋人がいようが、相手が男だろうが、本気なら関係ないはずだ。『婚約してるから姉貴を諦《あきら》めろ』とお前に言ったら、その言葉は俺にも返ってくる。男同士なんだから以和を諦めろ――そう、自分に言わざるを得なくなるじゃないか」

「じゃあ、婚約のことを黙ってたのって……」

意地悪とか、そんなんじゃないのか？

こいつ……どこまで健気で、一途なんだ。

でも、ずっとそうだったんだ。同じ学校に通い続けたこと、結婚の約束、アナウンサーになったこと……変わってなんかいない。大人になってなんかいない。身体が大きくなり、経験を重ね、知恵がついて――でも、光至はずっと同じ。ずっと俺を好きでいてくれた。信じて、待っていてくれた。

「俺さ……思い出したよ、結婚の約束」

俺は光至の指に触れた。切ない疼《うず》きのようなものが、指先から全身に流れ込む。

「病院で点滴受けてる間に思い出した。あの夏、俺は熱を出して海へ行けなくて……二十五になったらうちへ来いって俺は言った。確かに言った」

光至は黙って俺を見つめ返す。

「……悪かったよ。嘘つきとか、顔も見たくないとか言って。嘘つきは俺だった。それでも、お前は信じてくれてたんだよな。ごめんな、ずっと――ごめん」

光至は立ち上がると、ベッドから何か取ってきた。ガイア・レンジャーの目覚ましだ。

「後ろ、開けてみろ」

差し出され、言われるがままに電池を入れる場所のふたを外す。紙切れが入っていた。

「？」

小学校時代の連絡帳の切れ端だった。開くと、鉛筆書きの汚い字が躍《おど》っていた。


ぼくは25才になったら、日高光至と結こんします。約束します。　赤江以和

「お前の字だ」

言われなくてもわかる。この下手クソな字は俺の字だ。今とあまり変わっていないから、間違いない。ご丁寧《ていねい》に捺印《なついん》までしてある。多分、赤いマジックか何かを塗《ぬ》って押したんだろう。インクは退色していたし、指も小さいが、これはきっと俺の親指だ。

「こんなものまで書いてたのか、俺……」

というより、こんなものまで書いたのに覚えていなかったのかとショックを受ける。同時に、素朴《そぼく》な疑問が湧き上がった。

「お前、これ……最初っからこれを見せれば面倒なことにならなかったんじゃねえのか?」

決定的な証拠を見せつけられれば、俺だってあんなに抵抗は——いや、やっぱりしたかもしれないが。

「俺もあの時、一瞬、そう思ったさ」

光至はソファに腰を下ろした。

「覚えてないって言われて、姉貴のことを聞かされて――頭に血が昇った。強姦しようかと本気で思った」

ひー、と俺は悲鳴を飲み込む。

「これを見せれば、お前は何も考えずになすがままになったんじゃないかって。そのほうが楽だった。でも――」

光至は言葉を切ると、俺をじっと見た。

「そんなことしたらお前、自殺しかねないだろう？　それに、無理矢理身体だけ手に入れたって嬉しくなんかない。そりゃ、その時は楽しいかもしれないが――二週間で姉貴を振り向かせてみせるってお前は言ったけど、それは俺も同じだったんだぜ？」

「光至……」

低い声が淡々と続ける。

「――初めて会った日、俺たちは五歳だった。お前は俺の手を取って、あの商店街を走った。そうして、誰彼構わず俺を紹介してくれた。足も手も痛くなって俺はヘトヘトだったが、あんなに楽しかったことはない。こいつと一緒なら、ずっと楽しい。何があっても、きっとこいつが俺を守ってくれる。だから、こいつの言うことなら何でも聞く、言うとおりにする——そう決めたんだ」

ということは、正確には二十年越しの恋だった——というわけだ。

「な……泣かせんな、バカ」

俺は鼻をすすると、目からあふれてきたものを拭った。

最後に勝利を手にするのは、頭脳でも金でもない。諦めなかった人間だ。

「——お前の勝ちだ。だから、遅くなったけど……まだ、間に合うなら——」

俺はソファから下りるとフローリングの床に正座し、頭を下げた。

「お……俺と一生一緒にいてください」

チクショー。顔から火が出そうだし、心臓は今にも爆発寸前だ。でも、しょうがない。ずっと俺を好きでいてくれて、この先も、こんなに好きになってくれるヤツなんか出てこないかもしれないし——。

いや、そうじゃない。俺も、光至を好きだから。いなくなるかもしれないと思って、ようやくわかった。華ちゃんより誰より、俺は光至と一緒にいたい。いつも俺を見ていた、光至と。

ガチガチになりながら返事を待っていると、光至も俺の前に座った。

「——その言葉を待ってた」

「は……はは……」

肩から力が抜け、変な笑い声が出た。

「以和……」

光至の広い胸に抱きしめられ、また涙があふれる。昔と逆で今は俺のほうが涙もろい。特に最近は泣きっぱなしだ。でも、こいつに見せる分にはいいだろう。

光至は立ち上がると、俺の腕を引っ張った。誘われるがまま、ベッドに腰を下ろす。光至は俺をシーツに押し倒すと眼鏡を外した。唇が軽く俺のそれに触れ、何度もついばまれる。

初めてのキスはスイーツのように甘く、優しかった。だが、それはすぐに激しいものに変わった。入ってきた舌が歯列をなぞり、俺の舌に痛いほど絡む。唾液がまざり、痺れが広がった。

夢中で唇を求めあう間にも、光至の両手は俺のTシャツの上をせわしげに這《は》い回っていた。光至の興奮が伝わり、俺も身体の中心がどんどん熱くなる。脱ぐ前にイッちまったらどうしよう——と思っていると、唇が離れた。

「は……」

Tシャツをまくり上げられ、一瞬身体がすくんだ。また拘束されるのかと思ったのだ。気づいたらしく、光至は小さく笑った。

「また今度な」

「え……」

「たまには、ああいうのもイイだろう？」

そうかな？　そうかも……と思っているうちに上半身を裸にされ、ジーンズと下着も脱がされる。今にも爆発しそうな分身が飛び出し、俺は自分が情けなくなった。

光至も全裸になった。見るのは高校以来だ。シャツ越しに感じてはいたが、目《ま》の当たりにすると改めて驚いた。うらやましいぐらいに締《し》まり、筋肉がきれいについている。こいつ、こんなにいい身体してたかなと思うと同時に、そのまばゆいばかりの美しさに少しドキドキした。

「おじさんたちに聞こえない、かな……」

灯《あか》りを消し、のしかかってきた光至に尋ねる。

「平気だろう。姉貴も今夜はいないし……あとは以和の声次第だな」

早口に言うと、光至は俺の乳首に歯を立てた。指がもう片方をつまむ。

「あっ！」

空いている手が俺の分身を握りしめた。乱暴に分身を扱かれ、胴に震えが走った。やっぱり、本番と前座は全然違うものなのだ。光至に余裕がない。

「ちょっ……と待っ……一度に――っ……」

俺は思わずのけぞる。上下同時に強烈な快感を与えられ、それが光至の手にある分身の中で交差する。

「あ、あっ……やめ、ろ……って――」

光至はすべての動きを止めた。

「……?」

俺は肩で息をしながら、薄目を開ける。光至はというと、身体をずらし――。

「う、うっ……ん……!」

いきなり、俺の分身を口に含んだ。さっきのキス以上の激しさで舌を絡めながら、カチカチになった俺のモノをしゃぶっている。女の子にされたことはあるが、快感はその比ではなかった。まず舌が長いし、ザラつきも大きい。何より、吸引力の強さに圧倒された。すぐにでも射精し、精液を吸い取られそうだ。

「――あっ、ああ、光至っ、そんな、の……あ……っ」

テクニックだけではない。そうしたくてたまらないという思いが伝わってきて、俺を歓喜の渦《うず》に引きずり込む。

「あっ、そこ……ヤバ、い――っ!」

あまりに強烈な快感に、俺はあっけなく達してしまった。全身で余韻を味わいながら、思った。おい、早いなんてもんじゃなかったぞ。やっぱり、俺――。

「俺、やっぱり、早漏、か……？」

「生理現象ならな」

光至は俺が吐き出したものを飲み下し、言った。

「え？」

「ただの生理現象だとしたら、かなり早い。でも、惚れた相手にこんなことされたら、早くても別におかしくはない。普通の反応だ」

低い声で小さく笑い、光至は尋ねる。

「以和はどっちだ？」

からかわれているだけのような気もしたが、俺は正直に答えた。

「——生理現象……じゃない」

「よかったか？」

「……うん——すごく」

光至はそっと俺の鼻にキスすると身体を起こした。薄明かりの下で用意していたコンドームを装着し、ローションを塗りたくった。これが俺の中に——と思うと、さすがにビビる。

ローションが俺のモノにも垂《た》らされた。

「ふ……」

光至の手でローションをまぶされただけで、達したばかりの俺のモノは、情けないぐらいあっさり勃った。その指が後ろの孔へとすべっていく。

「前に一度、指を入れたろう？」

「うん」

「気持ちよかっただろう？」

「あ……ん」

円を描くように孔を撫でられ、俺はうなずいた。

「じゃ、大丈夫だ」

嘘っぽい。いくらなんでも、この太くて長いモノと指が同じはずがない。

「入れるときだけ、ちょっと痛いと思うが……慣れれば断然、こっちのほうが気持ちいい」

お前は経験あんのかよと聞きたかったが、怖いのでやめる。

「ん……っ」

力を抜いて待っていると、濡《ぬ》れた指が入ってきた。ヌルヌル、ムズムズして、なんともいえない心地だが、ある場所を刺激されると——。

「あっ……」

耐えがたいほどの快楽が生まれる。勃起したモノを愛撫するのに似ているが、違う。もっとダイレクトな感じだ。甘酸っぱいものが湧き上がって、身体の奥から分身へと悦びが走り、射精したくてたまらなくなるのだ。

「う、う……っ」

放置された分身の先端から、先走りの液体が出た。

「ここだろ?」

感じやすい場所を指先で強く押され、俺はガクガクとうなずいた。だが、光至はそこへの愛撫はあまりしてくれなかった。指を増やし、抜き差しをくり返している。孔を拡《ひろ》げようとしているらしい。分身を受け入れるにはまだ抵抗があるが、焦《じ》れったくなってきた。

「本当は、後ろ向きのほうが楽だけど……どうする?」

光至は俺に聞いた。どうせ比べたことなんかないんだから、どっちだって同じだ。それに、四つん這いのほうが恥ずかしい。俺は首を左右に振る。

「いや、普通ので……」

光至はうなずくと指を引き抜いた。俺の両脚を抱え上げ、もう一度、孔の上にローションをたっぷり垂らした。背中が震える。でも、ここまで来たら、もう腹を括《くく》るしかない。

「……っ……あ、あ――!」

ねじ込むように、硬いモノが入ってきた。我慢しきれず、俺は声を上げた。

「い、痛、痛っ……?」

光至の顔が、すぐそばにあった。

「……全部、入ったぞ」

「──え……もう?」

痛くない。裂《さ》けるような衝撃があったのは、入った瞬間だけだった。今も少し入り口が疼くし、腹の中がいっぱいいっぱいに詰まっている感じもあるが、痛みはない。

「大丈夫か?」

光至の額から、汗が落ちる。

「う……ん」

答えると、光至は静かに動き始めた。ゆっくりと、あの場所を擦るように動いてくれているのがわかる。

「ちょっ……と、待って……ん──あ、あっ…あっ……──」

時々リズムを変えながらも執拗に腰をグラインドさせ、光至は硬く尖《とが》ったモノで俺の中のあそこを愛撫する。こらえようと思うのだが、どうにも声が抑《おさ》えられない。

「バカ──締めるな……」

俺、光至とセックスしてる──そう思うと、全身に甘ったるいものが広がった。俺は身をよじり、シーツを掴み、与えられる圧倒的な愉悦に夢中になる。女の子とのそれより強引で、強烈で、全身が性感帯になったようだ。閉じていた目を開けると、光至の切なげなまなざしがあった。光至がどれほどこの時を待っていたのか、痛いほど感じた。

「光至――俺……いい、か――？　がっかりしてないか？」

光至は乾いた唇を舐めると笑みを浮かべた。

「いいよ……お前は最高だ……」

よかった……また目を閉じると、光至の動きが激しくなった。ベッドが軋む。さすがに耐え切れなくなったのか、一点に集中することなく抜き差しを始めた。

「あっ、ああ、そんなに、した……ら、ダメだって――俺……あっ、ああ……っ！」

「無理だ、ずっとこうしたかったんだから……お前のココがほしくて、気がおかしくなりそうだったんだから――」

入口まで一気に引き抜かれ、奥まで貫《つらぬ》かれ、腰が蕩《とろ》けそうになる。感じすぎて、わけがわからなくなった。イきたい、何もかも全部出してしまいたい……俺の頭には、もうそれしかなかった。

「――っ、も……あ、あ、出るっ、光至……っ――」

「う……俺、も……！」

突然、弾《はじ》けるような感覚が襲いかかった。脳天まで突き抜けるような悦楽《えつらく》に負け、俺は張り詰めたモノの先端から精液をあふれさせる。光至の身体も震え、同時に達したのがわかった。

ぐったりと覆いかぶさってくる重みが心地いい。俺は光至の背中に腕を回した。汗ばんだ肌と肌がなじみ、熱とは違う温かさに包まれる。

どうしよう……初めてなのに、すごく感じた。思い切り射精した——そんな印象だった。

「光至……」

「うん？」

俺は声をひそめて聞いた。幼い頃のナイショ話のように。

「俺——ホモか？」

「何？」

「なんか、全然……平気だった。つーか、すげえ……よかった——変じゃないか？」

光至は首を上げ、変な顔で俺を見た。笑いをこらえているのだ。

「俺のテクニックのおかげだろう。それと、以和の才能だ」

「才能？」

「持って生まれた、日高光至に愛される才能」

「——バ、バカか！」

「俺にもあるぞ」

光至はちょっと得意げに言った。

「俺の穴子がわかる才能か？」

「あれこそ努力の賜物《たまもの》だ。そうじゃなくて、赤江以和を一生愛し続ける才能だ」

「バ……そういうこっ恥ずかしいこと言うな」

「どうしてだ？　俺には自信がある。今までの二十年間維持してきたんだから、この先の二十年も問題ない。それどころか、進化するかもしれん」

また泣けてきそうになり、俺はうつむいた。チクショー、俺の涙腺《るいせん》はぶっ壊れたのか。それともこれも、愛の才能か。

「ああ、そうだ……ひとつ頼みがあるんだが」

光至が言った。いつも命令ばかりの光至の頼み――俺は嬉しくなり、調子よくうなずいた。

「――おう、言ってみろ」

「『出る』ってのも悪かないけど、『イく』っていうほうが俺は好きだ。『イきたい』『イかせて』ってのもいいな。だから――」

「頼みって……バカっ！　あんなときに使い分ける余裕なんかあるかっ！　俺の勝手だ！」

光至はくすくす笑いながら、俺の首筋にキスをした。笑っている振動が唇から伝わり、その感じも恋人っぽくていい。俺はお返しに、光至の耳たぶをそっと噛んだ。

「うっ…」

光至の背中がびくっと揺れた。

「な、何すんだ」

真っ赤な顔で、光至は俺をにらむ。

「あー、そこが弱いのか」

なんだ、可愛いじゃないか。俺は鬼の首を取った気分で笑った。

「そんなんじゃ……あ」

「ん？」

俺の中に入ったままの光至のモノが、力を取り戻したのだ。

「これは……生理現象か？」

俺は尋ねた。開き直ったのか、光至はいつものクールな顔で否定した。

「違う」

「才能か？」

「だな」

おかしくなって、俺はもう一度笑った。

「わかった。そんじゃ、俺も才能を遺憾《いかん》なく発揮して——愛されてやらあ」

＊＊＊＊＊

「うん……合格」

カウンターに座っていた光至は、箸を置いてつぶやいた。

例の事件から一カ月が過ぎた平日の午後三時過ぎ。いつものように光至は〈準備中〉の「太子屋」で俺が焼いた穴子を食っていた。

「光ちゃん、もっと厳しくていいんだぜ。こいつは誉《ほ》めるとすぐにつけ上がるからよ」

親父の言葉に俺は反論する。

「なんだよ、親父、辛口の判定だと信じるくせに、どうして光至の誉め言葉は素直に受け入れないんだよ」

「うるせえ、この小僧。調子に乗るなと言ってんだ」

いつものように、親父の声が飛んだ。姉貴は呆《あき》れ、バイトのミナちゃんは笑っている。

何も変わらない。だが、変化もある。光至が東テレの夜のニュース番組「ニュース・オデッセイ」のサブ・キャスターに抜擢されたのだ。それに合わせ、勤務時間帯も変わった。

つまり、こうしてうちで飯を食うのは同じだが、勤務帰りではなく、これから出勤なのだ。

それと、もうひとつ——俺の焼いた穴子を店で出してもらえるようになったことだ。光至が太鼓判《たいこばん》を押してくれたので、親父もその気になったらしい。ようやく第一歩だ。何もかも。

「ごちそうさまでした。行ってきます」

箸を置いた光至を全員で見送る。

「おう、がんばってこい！」

「ニュース観るね～」

親父と姉貴の声援を受けて、光至は店を出た。俺も続く。

「あ、以和」

姉貴に声をかけられた。

「ん？」

「ついでだから、これ隣に持ってって」

町内会の回覧板だった。

「オッケー」

回覧板を持っている俺の隣で、光至は小さく微笑んだ。

「じゃあ、行ってくる」

「おう」

「あとで電話する」

俺はうなずいた。光至にせっつかれて、俺はようやく携帯電話を買ったのだ。日に何度も、電話やメールが来る。そして夜もほとんど一緒だ。まあ、つまり——俺たちは上手くいっているのだった。

「——あ」

「なんだ？」

俺の言葉に、光至は首を傾げた。

「ああ——いいや、あとで」

「気になるから言え」

「えーと……」

俺には、ずっと心に引っかかっていたことがあった。例の結婚誓約書《せいやくしょ》にあった捺印のことだ。回覧板の捺印を見て思い出した。

正直な話、十歳の俺が自分から捺印したとは思えないのだ。文書を書くことは思いついたとしても、そんな知恵が俺にあったとは考えにくい。

「だから、もしかしてお前が押させたのかなと思って——いや、別にいいんだけどよ、なんか気になったから……」

光至はじーっと俺を見つめていたが、やがて感心したように口を開いた。

「以和、お前、ちょっと利口《りこう》になったな」

「はあ？　どうしてお前はそうやって俺をバカに——」

「でも、惜《お》しいな。まだまだだ」

「へ？」

「捺印の知恵以前に——十歳の以和ちゃんに、誓約書を書く知恵はあったのかな？」

光至の眼鏡のフレームがキラリと光る。

突然、俺の脳裏《のうり》に病院で夢うつつに見た光景がよみがえった。

そうだ、あの場面には……続きがあった。


（絶対だね？　絶対、結婚するね？）

（うん、絶対だ）

（じゃあ、紙に書いて）

（光至、俺、眠いよ……）

（僕が言うから、そのとおりに書いて。以和ちゃん、学校でも忘れ物多いから……大きくなってから忘れると困るもん。あと、指も貸してね。ハンコ押すから）

そう言うと、光至は鉛筆と連絡帳を差し出したのだ——目をキラキラ光らせて。

「あっ！」

俺は光至の顔を凝視《ぎょうし》する。

「も、もしかして……」

全部……何もかも策略だったのか？　華ちゃんの結婚を黙ってたのも、誓約書を見せなかったのも……頼まれると断れない、情に訴えられると弱い俺のことを何もかも知り尽くしているこいつの——？

「お、お、お前はっ——！」

「以和、目的は手段を選ばないんだよ。ひとつ利口になったな」

光至は眼鏡の位置を直した。低い声とともに、悪魔の微笑みが下りてくる。

「く、くっそ……」

どうして俺はこんなヤツに惚れちまったんだ。しかも、俺から手をついて結婚まで申し込んで、毎晩、あんなことやそんなことを——血が一気に逆流した。

「じゃ、俺は出勤だ。店を頼むぞ、三代目」

光至は背中を向けると、スタスタと歩き出した。

「バカ野郎〜！」

「ななつのこ商店街」のアーケードに、俺の絶叫がこだました。

夢の続きを見たくはないかい

Don't you want to see the continuation of the dream?

1

ふわふわ……と、赤江以和《あかえいわ》は暖かな桃色の靄《もや》の中を漂っていた。

やわらかな風が全身を包み込んで、とても気持ちがいい。特にどこが……というと、下半身だ。誰かの指が男のシンボルに触れ、ゆっくりと扱《しご》いている。天国気分とはまさにこのことだ。

「あー……」

そこ、そこが好き……あ、でも、そっちもイイ――ああ、もう、イきそう……やめないでくれ、頼むから――。

「……？」

うっとりしながら目を開けると、眼鏡をかけたハンサムな顔が以和の視界に入ってきた。

日高光至《ひだかこうし》――クールな美貌で人気のアナウンサーであり、幼なじみであり、恋人だ。

「以和……」

「んー……」

なんだ、起こすなよ、せっかくエロっぽい夢を見てたのに……と少しがっかりしながら、以和はなおもぼんやりと光至の顔を眺《なが》める。やけにすーすーと涼しい下腹部に甘い痺《しび》れが走った。

「っ……」

リアルな感覚に以和は視線を下ろす。見ると布団ははだけ、下着はパジャマごと膝《ひざ》辺りまで下ろされているではないか。しかも、天を仰《あお》ぐ分身には光至の長い指が絡《から》んでいる。

「ぎゃーっ！」

以和はベッドの上で叫び、光至の手をなぎ払った。

眠気がふっ飛ぶなんてものではない。どうしてこんな状態に置かれているのか、考える間もなかった。ただ、驚きと混乱の中で必死にパジャマを引っ張り上げ、以和は主人より先に覚醒していた己《おのれ》の分身をしまい込んだ。

「な、な、な……」

壁際に逃げ、丸めた身体を両腕でしっかりガードする。お代官様、ご無体な……というセリフが脳裏をよぎった。

「せっかく出してやろうとしたのに」

光至はしれっとつぶやき、自由になった指先を見る。濡れて光っているのは以和の分身が吐き出した先走りの液だった。躊躇《ちゅうちょ》することなく、光至はそれを舌で舐《な》めた。

「わー、何すんだ、やめろ！」

以和は叫んだ。

「何を今さら……もっと濃いモン、俺の口の中に何回出したと思ってんだ」

そう言い、光至は味を惜しむように指先を軽く吸った。その仕草と表情がセクシーな分、以和の羞恥《しゅうち》は増していく。

「そ、そうだけど……いや、そういうことじゃねーよ！　寝てる人間の身体を弄《もてあそ》んで、何やってんだって言ってんだよ！」

ようやく身も心も覚醒し、以和にも事態が飲み込めた。

光至は現在、午後十一時から十二時まで東京中央テレビ、通称・東テレのプライムタイムのニュース番組「ニュース・オデッセイ」のサブキャスターを担当している。そのため、基本の出勤のシフトが午後四時から午前一時までとなっていた。

一方の以和は——というと相変わらず「太子屋」の開店に合わせて働いているので、午後十時に店を閉め、片づけと明日の準備を終えると十一時ぐらいになる。それから実家で遅い晩飯を食い、ひとり暮らしのアパートの部屋へ帰る、というのが平日の夜の流れだった。

それから風呂へ入り、「～オデッセイ」の録画を観ているうちに退社した光至がやってくる。もちろん、以和と一発ヤるためだ。

光至はそのまま泊まることもあるが、以和が午前六時には店へ出てしまうので、自宅へ帰ることが多かった。

そんなわけで以和は毎晩、光至が来るのを待っているのだが、仕事の疲れと朝が早いのとで待っている間に眠ってしまうのもしょっ中だ。そういう時は光至が以和を叩き起こしエッチに突入するのだが、眠ったまま……というのはさすがに初めてだった。

「弄ぶ？　人聞きが悪いな」

眼鏡の向こうの瞳が光った。

「だって……どうして、いつもみたいに起こさないんだよ！」

「声はかけた。お前が起きなかっただけだ」

以和は反論する。

「おかしいだろ、その理屈！　恋人だからって何でも許されるわけじゃねえぞ！　この変態！」

「反応しなければやめたんだが……ちょっといじったらすぐに大きくなったから、無意識でも感じてるんだなと思って続けたんだ。寝てるくせにいやらしい顔してたし――」

「わー、もう、いい！　言うな！」

いたたまれず、以和は背中を丸めて布団の上に突っ伏した。スーツにネクタイをきっちり締め、ニュース原稿を読むのと変わらぬ口調で言われるのはたまらない。だが、光至は以和の肩を叩くと、さらに低く乱暴な声で続けた。

「おい、お前のグダグダにつきあってる暇はないんだ。とっととヤるぞ」

「……え？」

以和は顔を上げる。

「お前もそのままじゃ辛いだろう？」

「そ……それは――」

「恥ずかしいなら、また寝りゃいいさ。俺もさっきの続きをするだけだ。もっとも、寝たままヤられるほうが情けない……と俺は思うがな」

当たり前のように言いながら、光至はスーツを脱ぎ始める。ストイックに見える分、セックス大好き！な本性を日本中のファンに暴露《ばくろ》したい衝動に以和は駆られた。

「お……お前にはデリカシーってもんがないのかよ！」

「以和に惚れたとき、川に捨てた」

「十歳でか！」

「それは結婚の約束をした歳だろう。惚れたのは知りあった時だから、五歳の頃だ」

「五……？」

「五年分、愛の上乗せだ」

全身から火が出そうになり、以和は黙り込んだ。こういうセリフを真顔で言われては反論できない。それが光至の本音だとわかっている分、始末に困るのだ。以和にとって何より悔しいのは、自分と光至のどちらがデリケートに見えるかと尋ねたら、百人のうち百人が「光至」と答えるに違いないということだった。

「愛してる、以和」

「う……」

そう、光至は真剣なのだった。アナウンサーになったのも高校時代の以和の何気ない会話がきっかけだったというのだから、筋金入りだ。外見は氷点下並みのクールガイ。性格はドがつくS。なのに、愛情だけは温暖化を進めてしまうほどに熱く、ふんだんにある。

「……来いよ」

光至は眼鏡を取り、Yシャツのボタンを外すと命じた。

「来い」

以和は魔法にかかったかのように何もできず、何も言えず、光至のキスに唇を委《ゆだ》ねる。

「……ん……」

光至の舌を受け入れ、唾液があふれ出るほどに淫《みだ》らなキスを一分も続けると、以和の身体から力が抜けた。

「以和……以和……」

骨に響く低音で囁《ささや》くように名を呼ばれると、もうダメだった。情けないほどあっさり光至の胸にもたれかかる。

おかしい、どうしてこうなったんだ?

何度も何度も、以和は自問してきた。俺、おっぱいの大きなお姉ちゃんが好みだったのに、どうして男、それも幼なじみの腕の中でうっとりしてるのか――答えは簡単、光至という男を失いたくないと思ってしまったからだ。

だが、ひとつだけ釈然としないことがあった。それは「なぜ、自分が抱かれる側なのか?」という点だった。

恋のアプローチは光至からだった。勢いと情熱に流され、以和は身を任せた。遠い昔に交わした「結婚」の約束を忘れていたこと、光至が一途に想い続けてくれたこと……後ろめたさと嬉しさもあり、なすがままになったのだ。もちろん抵抗はあったが、最初のハードルを乗り越えてしまえば心身ともに楽になった。潤滑油《じゅんかつゆ》になってくれたのは他でもない、愛だ。

気持ちいいことは大歓迎だ。後ろへの挿入もイヤではない。お姉ちゃんとのセックスでは味わえないような悦《よろこ》びを知ったし、それだけで射精できるまでになった。互いのムスコを擦《こす》りあい、達するだけではもう満足できない。

光至は惜しむことなくすべてを与えてくれる……というと聞こえはいいが、あり余る欲望をぶつけてくるといったほうが正しいかもしれない。以和が抵抗せずに素直に応じれば、

望むことは何でもしてくれた。クールでストイックなイメージからは想像もつかないほどタフで、テクニシャンで——つまり、性生活は充実しまくっている。

しかし、それとポジションの話はまた別だ、と以和は考えていた。いくら気持ちがいいとは言っても、自分だけが後ろに突っ込まれてよがらされ、泣かされているのは男として納得がいかないのだ。

頭脳も収入も社会的な認知度も光至のほうが上だった。背も少し高い。悔しいが、顔もいい。同じなのは歳だけである。以和が唯一、優越感に浸れる要素があるとするなら、光至が自分にベタ惚れしていることだ。これを弱味と光至を振り回せればいいのだが、「結婚の約束を覚えていなかった」として責められているのは、やはり以和だった。

つきあった女の子は何人かいるが、光至のような独占欲、支配欲を押しつけられたことはない。もちろん以和も恋人を支える、守る——という騎士道精神は持ちあわせているが、基本は甘えたがりで、手のひらで転がされるのが楽しい性質《たち》なので、「相手を束縛したい」という感覚がよくわからない。つまり、それを初めて教えてくれたのが光至ともいえる。

このままではあまりにもみじめだ、と以和は思った。光至を抱いてみたい。羞恥と屈辱に歪《ゆが》む光至の顔を見てみたい。女に対して抱くことのなかった征服感とやらを味わってみたい。バカげたプライドかもしれないが、それでようやく対等になれる——そんな気がしているのだった。

「ま……待て」

以和の首筋を吸い、露《あら》わになった乳首に指を這わせている光至に向かって、言った。

「何?」

「——頼みがある」

以和の目をじっと見つめ、光至は続きを待っている。

以和はちょっと怯《ひる》んだ。光至は近眼だ。もともと視線が鋭《するど》いところへもってきて、眼鏡がなくなるとさらに鋭くなる。

エッチの途中で水を差せば、機嫌が悪くなるのは百も承知だが、他のタイミングで言ってもなんだかんだと丸め込まれ、またエッチをする口実を与えるだけだ。

でも、ここは思い切って——!

「お、俺の——」

「フェラしてほしいのか?」

違う、そうじゃない——と言いかけ、以和はうなずいていた。

「……はい」

光至はエロティックな笑みを浮かべ、以和のパジャマのズボンに指をかける。勢いよく飛び出した以和のモノは、明らかにさっきよりも硬くなっていた。

「好きだな、お前も……」

光至の口の中に、それは難なく飲み込まれていく。

ああ、俺ってバカ……以和は目を閉じ、己をなじった。目先の快感に惑《まど》わされるとは情けない。だが、光至の口技《こうぎ》は絶品だった。咥《くわ》え込んだら離さず、さも美味《うま》そうにしゃぶって天国へと導いてくれる。やめろと言っても離さず、そのまま二度、三度とヘブンズツアーに連れていってくれるのだ。

「ふ……」

生温かくぬめる感触に包まれ、以和は声を漏らした。

ポジション・チェンジの話はこれが終わってからでもいいや、ゆっくり楽しんでから——という以和の考えを裏切り、光至は舌を激しく使い始めた。同時に親指の腹で裏筋を擦られ、分身がぐん、と膨《ふく》らむのがわかる。以和は今にも果てそうになった。

「あ……ちょっと、待て——それ、ダメ……すぐ——あ……っ……」

以和が慌てて肩を掴《つか》むと、光至は顔を上げた。

「無駄な抵抗をするな。どうせいつも、大して保《も》たないんだから……」

眉をひそめ、ややキレ気味に言い放つと光至は再び分身を飲み込む。

「どうせ……って、早漏みたいな言い方やめろって何度も——あ、それ、ヤバい……って——あ……ッ、ん……！」

強い吸引と巧《たく》みな指さばきが与える激しい快感に耐え切れず、以和は女のように甘い声を上げ、欲望を光至の口内に吐き出した。

出し終えても、光至の舌の動きはやまない。最後の一滴まで惜しむように舐め取るだけでなく、再び力が漲《みなぎ》るまで愛撫は続く。

「こ、光至……もう、いい――もう……あ、そんな……」

もう一回出せというのか？　それならそれでいいけど……とぼんやり思っていると光至は舌を離し、荒く息を吐く以和を見下ろして命じた。

「次は俺の番だ……腹這いになれ」


「さっき言いかけた頼みってのは、違うことだろう？」

三十分後、以和が甘い余韻の残る身体をシーツに投げ出してぐったりしていると、光至がベッドの端《はし》に座ってシャツのボタンを留めながら聞いた。

「へ？」

何だっけ……と、以和は桃色の生クリーム状になった脳ミソで考える。

「フェラの前に言ったこと」

「……ああ……」

今さら言うのはダサすぎる……と逡巡《しゅんじゅん》していると、光至の声がシーツに落ちた。

「俺にも抱かせろ、ってことじゃないのか?」

「あー、えーと……」

バレてたのか、と言葉を濁す以和に光至はきっぱり言った。

「いい機会だから教えてやる。お前に俺を抱く権利はない」

「権利……って、お前がそんなことを決める権利もないだろ」

後ろへのインサートでイかされた後で反論しても説得力など皆無《かいむ》だが、以和は言わずにはいられなかった。

「あるんだよ」

「どうしてだよ。収入を持ち出すなら、土俵が違うんだから――」

「俺は二十年もお前を想ってた。でも、お前はたったの半年足らずだ。しかも、俺との約束を忘れていた」

これを持ち出されると、以和は弱い。

以和と光至が暮らす「ななつのこ商店街」の誰もが言う。以和ちゃんは子どもの頃から印象が変わっていない。光至ちゃんは変わった。身体もぐっと大きくなり、たくましくなり、大人の男になった。しかも有名人だと。

だが、以和は知っている。変わったのは外見だけで、中身は変わっていない。言葉のすべて、行動のすべてがその一途な気持ちに端《たん》を発していると気づかされるたびに、以和は切なくなってしまう。ちょっとばかり傲慢《ごうまん》で強引で、手段がおっかなくても。光至を可愛いと思ってしまう。

「俺にお前を抱く権利があるのはな、お前よりも想いが強いからだ」

「……意味がわからん」

本当はわかっているが、認めたら勝負は終わりだ。

「同性同士の場合は、『好き』って想いが強いほうにポジションの選択権があるんだ」

以和はまじまじと光至の顔を見つめる。

「お前……バカじゃね？」

聞くが早いか、光至は以和の頬を思い切りつねった。

「いいいい……痛《いて》えっ！」

「そういうことはな、俺の口の中で三分以上保ってから言え」

頬とプライドを痛めつけられ、以和は光至にぶちまけた。

「何すんだっ！　俺が何も知らないと思うなよ！　ホモのＡＶ観たけど、かわりばんこに入れてるのもあったぞ！　マッチョな男が美少年に掘られてヒーヒーよがってるヤツもあったし、五分ぐらいで出してるヤツもいたぞ！」

「どうしてそんなものを観たんだ？」

「そりゃ、ちょっと興味が——じゃなくて、ポジションの選択権と俺が早くイくのは関係ねえだろ、って話だよ」

「AVにはシナリオがあるんだ。それに沿って交代してるに決まってるだろうが」

早漏の件はともかく、と前置きすると光至は淡々と言った。

「シナリオがあるのは知ってるよ。でも、リアルでなきゃ観るほうは感情移入できねえんだから、実際も——」

「AVってのは男のセックス・ファンタジーだ。現実にあり得ないシチュエーションだからこそ興奮する。美人で巨乳で従順で、プロ並みのテクを持った女がそこら辺にいるか？これまでつきあった女で、顔や身体に精液かけられて喜ぶ女がいたか？」

冷静な説明に、以和はうっかり答えていた。

「い……ない」

「あんなのはみんな演技だ。AV俳優というプロなんだからな。知ってるだろう？」

「……それは……」

「つまりだ、現実的にはどのカップルもポジションが固定されてるんだよ」

「で、でも、SMの女王様みたいにM男を痛めつけるのが好きな女だっているし……」

「クラスの○○ちゃんが持ってるから俺も買ってーってワガママ言う小学生か、お前は」

「違う！」

「よそはよそ、うちはうち。俺たちは俺たちでいいんだよ」

光至はきちんとスーツを着直すと、ブリーフケースを掴んで立ち上がった。

「お……俺たちは俺たちでいいってんなら、ヤらせてくれてもいいじゃんかよ！　あんまり拒《こば》むと浮気すんぞ！」

光至の顔が能面のようになる。

「……今、何て言った？」

売り言葉に買い言葉で、絶対に言ってはいけない一言を口にしたことに以和は気づいた。だが、もう遅い。

「もう一度言ってみろ」

蛍光灯の光をバックに、影になった光至の顔に悪魔の笑みが広がる。

「いや、あの……」

ひー、またヤられる——と以和は首を縮《ちぢ》めた。だが、光至はふうっとため息をついただけだった。

「——お前の気持ちが俺より強いと認められたら、おとなしく抱かれてやるよ」

「え……マジ？」

「ああ」

光至はうなずき、以和の顎《あご》を持ち上げた。

「だから、それまでは俺に優先権がある。わかるな？」

「お……おう……」

「よし」

以和の唇に軽くキスをすると、光至は「また明日な」と言い残して部屋を出ていった。

なんだ、悩んで損《そん》したな、もっと早く言えばよかったとひとりになった以和は光至のお許しが出たことを喜んだ。そしてその三分後、以和は首をひねっていた。一体、どうやって愛情の強さを量るんだ？　と。

2

「よう、若旦那《わかだんな》」

秋晴れの平日の午後二時。以和が〈準備中〉の看板を「太子屋」の戸にかけていると、聞き慣れた声が耳に飛び込んできた。誰だか気づいた以和は、振り向き様《ざま》、敬礼する。

「うっす、社長」

そこに立っていたのはスーツ姿の色男、大庭憲太郎《おおばけんたろう》だった。去年、この「ななつのこ商店街」内にある雑居ビル（元は銀行）、シロガネビルに転居してきたIT企業の青年社長だ。テレビや雑誌に登場することも多いので、地元では光至に匹敵《ひってき》する有名人である。

個人経営店舗が軒《のき》を連《つら》ねる商店街は社長だらけだ。以和の親父も社長だが、あまりに多いので景気づけの掛け声以外でいちいち「社長」と呼ぶ人間などいない。せいぜい「大将」「若旦那」ぐらいのものである。しかし、セレブらしからぬ気さくな性格で商店街になじみ、地元への貢献も少なくないことから親しまれ、引っ越して一年にもかかわらず、この辺で「社長さん」といえば大庭を指す……という暗黙のルールが、いつの間にやらでき上がっていた。

その「社長さん」の隣には、細身の美形男子が立っていた。同じシロガネビル内にあるデザイン事務所で働く斎賀珠紀《さいがたまき》である。歳は以和や光至と同じ二十六。光至のように冷たい感じではなく、目鼻立ちがはっきりとしたハンサムだ。

以和はよく知らないが、珠紀の雇い主は有名なイラストレーターらしい。商店街のホームページを制作したのが大庭の会社で、マスコット・キャラのデザインをしたのが、そのイラストレーターの先生だ。そんな縁《えん》で両企業の社員は仲がよく、この商店街にも馴染《なじ》んでいる……というわけだった。

「あ、タマちゃんも一緒か」

以和は親しげに声をかける。

「タマちゃんじゃやない。さ、い、が」

珠紀は目尻を吊《つ》り上げて言った。容貌同様、性格もはっきりしている。

「あっ、ごめん……つい……」

以和は謝る。

「タマちゃん」とは「社長さん」同様、商店街に浸透した珠紀の愛称だ。大庭が連呼しているうちに、誰も彼もがそう呼ぶようになってしまったのだが、本人は不本意のようだ。

「せめて『珠紀』と呼び捨てにされるならまだしも——」

「まあまあ、いいじゃん」

横からたしなめる大庭を珠紀はキッとにらみつけた。

「……憲《けん》ちゃんって呼びますよ」

大庭の歳は知らないが、自分らより五、六は年長だろうと以和は踏んだ。目上、しかも有名企業の社長なのによくこんな口が利けるな、タマちゃんカッコいい……と以和は感心する。

「いいけど……小さい頃からそう呼ばれてるから、つまんない」

大庭の小学生のような返事に、以和は腰が砕けそうになった。有名企業の社長なのに、金持ちなのに——と思っていると、腰砕け気味なのは珠紀も同じらしく、呆れ気味に促《うなが》す。

「それより、席の予約するんじゃないんですか?」

「あ、そうそう。来週の金曜、奥の座敷は空いてるかな。知りあいが来るんで、一杯やりたいんだけど……」

以和はうなずく。

「大丈夫ですよ」

「よかった。じゃ、予約を頼む」

「毎度!　どうぞ、中へ——」

以和は戸を引いた。午後二時から五時までは夜の準備と休憩のために閉めているのだが、大庭の会社はよく出前を頼むだけでなく、飲み会などに店を使ってくれることも多く、「太子屋」にとってはお得意様だった。それを差し引いても、臨機応変が商店街の心意気というものだ。

「……ん？」

大庭と珠紀を招き入れようとしたそのとき、以和の尻にドン！と何かが当たった。振り向くと、ランドセルを背負った少年がうずくまっている。

「お、なんだ、元気だな。気ぃつけろよ」

走ってきてぶつかったのかと思っていたが、様子がおかしい。動かないのだ。

「……坊主、どうした？」

以和はしゃがみ込み、様子をうかがう。少年は今にも泣き出しそうに顔を歪め、小さな声でやっと言った。

「お腹《なか》、痛い……」

異変に気づいた大庭も腰を下ろす。

「え、おい、大丈夫か？　家はどこだ？」

しかし、かなり痛むのか、少年は唸《うな》るばかりで答えない。

「とりあえず、中で休ませよう」

以和の言葉に、珠紀が少年の背中からランドセルを脱がせる。すかさず大庭が少年を抱き上げた。以和は店の中へ向かって叫ぶ。

「父ちゃん、母ちゃん、ちょっと！」

それから「太子屋」では少年をトイレへ行かせたり、寝かせたり……と大騒ぎだった。ランドセルに「酒井《さかい》琢己《たくみ》」という名が記《しる》されていたので地元の小学校へ電話し、顔見知りの教師に事情を説明して問い合わせたが、そんな子どもは在籍していないという。

交番へ行こうか、それとも近所の開業医のところへ——と話しあっているうちに、琢己は元気を取り戻した。なんでも、この辺りに住んでいるのではなく、「伯父《おじ》さんの家へ行く途中」だったらしい。情報の断片をつなぎあわせると、父親が単身赴任先で入院し、母親は看病のために現地へ行っている。その間、伯父の家で寝泊まりし、電車で小学校へ通っているということだった。

持たされていた子ども用の携帯電話を使い、以和はその伯父のところへかけてみたがつながらない。琢己の話によると、伯父は会社員ではなく自宅で仕事をしているそうだが、出かけているのか、電源が入っていなかった。

三十分後、「帰る」と言う琢己に付き添い、以和は伯父のマンションまで送っていくことにした。

「本当に大丈夫か？　伯父さんが戻るまで店にいてもいいんだぞ？　帰りに迎えにきてもらえばいいし……」

商店街を並んで歩きながら、以和は琢己に言った。

「平気。合いカギ持ってるし……伯父さんが帰るまで、ゲームやってるから」

「なんだよ、現金だな……ちょっと前まで、真っ青な顔してたくせに」

以和は呆れながらも、何事もなかったかのように歩いている琢己に安堵《あんど》する。琢己はへへっと笑った。

「お兄ちゃんもゲームする?」

「俺はダメだ、仕事があるからすぐに帰らなきゃ」

「そっかあ……」

琢己は寂しそうに視線を落とした。

やむを得ない事情とはいえ、父親は入院中で母もそばにいないとなればさぞ心細いに違いない。おまけにこの近所に顔見知りの人間も友達もいないのだ。部屋でゲームをする他ないだろう。

以和は琢己が気の毒になり、小さな肩に手を回した。

「今度の土日、地域センターでバザーがあるんだ。兄ちゃんも手伝いにいくから、琢己も遊びにこいよ。近くの小学生も沢山《たくさん》来るから紹介してやる。どうだ?」

「バザーって何?」

「えーと……お祭りみたいなもんだな。楽しいぞ」

それは商店街と地元住民らが親睦《しんぼく》のために定期的に行っているものだった。フリーマーケットや有志による出店《でみせ》もあり、収益の一部は障害を持つ子どもたちの施設などに寄付している。大庭は高座《こうざ》を設《もう》け、趣味の落語を披露してくれることになっていた。

「ここの子じゃなくても行っていいの？」

「当たり前だろ」

「伯父さんも一緒に行っていい？」

「おう、知ってるヤツはみんな連れてこい！」

マンションの手前まで来たところで、琢已の携帯電話が鳴った。

「あ、伯父さんだ……もしもし？」

俺はその場に立って、琢已を見守る。

「今？　マンションのちょっと前――あのね、お腹が痛くなって、ええとね……お兄ちゃんの店にいたの……今も一緒。ううん、知らないお兄ちゃんだけど――」

上手く説明できないらしく、琢已は携帯電話を差し出す。以和はその伯父さんとやらに名前と素性《すじょう》、一緒にいる理由を話したところ、すでに帰宅しているので、すぐに迎えにくるという。

以和は携帯電話を琢已に返した。

「伯父さん、もう帰ってるってさ。よかったな」

「うん」

ちょうどマンションのエントランスに着いたところで、自動ドアの向こうからシャツにズボンというラフな格好の男が走ってくるのが目に入った。

「琢己！」

背の高い、三十代後半と思《おぼ》しき男だった。駆け寄るとしゃがみ込み、琢己の顔を見つめる。

「ごめんな、仕事で携帯の電源切ってて気がつかなかった。大丈夫か？」

「うん」

ホッと笑みを浮かべると、男は立ち上がって以和に深々と頭を下げた。

「すみません、伯父の牧田《まきた》といいます。お手数おかけして……ありがとうございました。助かりました。何とお礼を言えばいいやら――」

差し出された名刺に肩書きはなく、住所と「牧原友喜《まきはらともき》／牧田伴明《まきたともあき》」という名とメールアドレスだけが記《しる》されていた。最初の名前はどっかで見た名前だなーと思ったが、思い出せない。

「いや、たまたまうちの店の前で『腹が痛い』って泣きべそかいてたもんだから……」

「泣いてないもん！」

琢己は以和を見上げて抗議する。以和は慌てて謝った。

「そうだな、ごめん、嘘ついた。泣かないで我慢したんだよな。男だもんな」

「うん」

すっかり打ち解けた様子の以和と琢己を見て、牧田は言った。

「『太子屋』さんって、花屋のはす向かいにある穴子焼きのお店ですね。明日にでも改めてお礼に伺《うかが》います」

そんな必要はない、と以和は首を振った。

「それより……余計なお世話だろうけど、携帯電話持たせて安心するより、商店街の店や交番にこいつを連れてって、顔と名前を覚えてもらったほうが確実ですよ。この辺の小学生はみんなそうしてるし、地域も一丸《いちがん》となって子どもを守ろうとしてる。でも、こいつみたいにどこの誰だかわからないのは、いざってときに危ない。誰より、こいつ自身が不安だと思います」

「そうですね……」

牧田は再び頭を下げた。

「面目《めんぼく》ない。普段、家で仕事をしているので大丈夫だと思い込んでました。言い訳でしかないんですが、子どもを持ったことがないので……考えが甘かったです」

すまなそうに言う牧田に、以和は笑顔を向けた。

「それならなおさら顔見知りを作っておいたほうがいいですよ。たとえ一時《いっとき》のことだとしても、そのほうが安心じゃないですか？　助けを求める場所も増えるし、友達もできます」

以和は光至がこの町へ越してきた頃のことを懐かしく思い出した。手をつないで、商店街の店という店に紹介して回ったっけ。あれで光至は俺を――胸に広がる感傷をはねのけ、以和は琢己に言った。

「伯父さんがいない時とか、何か困ったことがあったら店へ来るんだぞ」

いいですよね？と牧田に確認する。

「ありがとうございます。心強いです」

牧田の言質《げんち》を取り、以和は琢己の頭を撫でた。

「もちろん、何もなくても寄っていいんだからな。もう、うちの父ちゃんと母ちゃんの顔は覚えただろ？」

琢己は嬉しそうにうなずき、牧田を見た。

「バザーに行ってもいい？」

「バザー？」

以和は琢己にした説明をくり返す。

「商店街にチラシが貼ってあるから、見るといいですよ。俺も手伝いにいくんで、ぜひ遊びにきてください」

「ありがとう」

牧田は突然、以和の手を取って強く握りしめた。

「本当に――ありがとう」

「あ、いや、そんな……」

一回りほども年上の男――しかもなかなかの二枚目なだけに、感謝されて以和はこそばゆくなった。

「時間があるなら、部屋でお茶でも――」

「いや、店へ戻らないとまずいんで」

じゃあなーと琢己に手を振り、以和は元来た道を戻った。途中、毎号買っているグルメ雑誌の最新号が発売になっていることを思い出し、以和は書店に寄った。置いてあるコーナーにまっすぐに進み、雑誌を手にする。

「ああ、以和ちゃん」

「こんちは」

「領収書いるんだろ？」

「うん、お願いします」

レジにいた店主に五千円札を出し、何気なく新刊の平台を見た以和は硬直した。そこには「ミステリーの名手・牧原友喜、1～3位独占！」という手描きのポップが貼ってあった。思わず牧田からもらった名刺を引っ張り出し、名前を確認する。

牧原友喜——間違いない、同じだ。

「お、おじさん、これも！」

以和は「最新刊」と書かれていた本をレジに差し出していた。

＊＊＊＊＊

同じ日の午前零時。

「日高さん、さっきはすみませんでした。ありがとうございました」

「ニュース・オデッセイ」の生放送が終わり、光至が目の前にあるニュース原稿をまとめていると、お天気コーナーを担当している女子大生タレントの大谷《おおたに》真澄《ますみ》が頭を下げた。美人で感じがよく、視聴者にも人気があるのだが、原稿の漢字を読み間違えてしまった。コーナーが終わってすぐに光至がそれをカメラの前で指摘し、視聴者に向けて謝罪したのだった。

「ちゃんと調べたつもりで……すごく恥ずかしいです」

真澄は首筋を真っ赤にしている。

「ああ……あそこで言っておかないと、苦情がバンバン来るからね」

怒るでも慰めるでもなく、光至は淡々と事実を述《の》べた。例《たと》えニュースの中身がどんなものであれ、報道に携《たずさ》わる者は事実を正確に伝えなければならない。恥ずかしいとか情けないとか、個人的な感情は後回しなのだ。

「はい、気をつけます」

きれいにカールした髪を揺らし、真澄は何度も頭を下げる。

「失敗や恥ずかしい思いは財産になる。これでもう、あの単語の読み方は絶対に忘れないだろう？」

「はい！」

「お疲れさま」

ここで初めて光至は笑みを浮かべ、原稿を持って背中を向けた。真澄やスタッフのお疲れさまでしたという声を聞きながら、スタジオをあとにする。そのまままっすぐアナウンス室に戻るとメールをチェックし、日誌を書き、最新ニュースを確認。同僚のアナウンサーと雑談をしてから、光至は午前一時三十分きっかりにタイムカードを押した。お先にと上司や同僚に声をかけて退出する。

何か大きな事件が起こって局に足止めを食わない限り、光至はこのペースを決して崩さなかった。以和の部屋を訪れる時間をずらしたくなかったし、少しでも長く一緒にいたいからだ。

エントランスで警備員にあいさつし、東京中央テレビ本社屋の正面玄関前に停《と》まっているタクシーに乗り込む。後部座席に身体を預けると、カーラジオから小学生の頃に流行《はや》った歌が流れ出した。それをぼんやり聞きながら、光至は過去に思いを馳《は》せる。

以和との出会いは小学校へ上がる前年の春にさかのぼる。初めて会ったその日から光至の恋は始まり、十歳のときにまんまと「結婚の約束」を書かせることに成功した。光至はひ弱ないじめられっ子だったが、知恵が回った。

もちろん、男同士で結婚できないことは知っていたが、なぜいけないのか、なぜ同性の以和のことが好きなのか……ということまではさすがにわからない。ただ「結婚」という目標を遂行《すいこう》するため、目に見える形に遺《のこ》したほうがいいと思い、ずっと機会を狙っていたのである。

中学に進級し、新聞や書籍などから同性愛が忌《い》み嫌われる理由、同性愛者たちを取り巻く過酷な状況を学んだ。思春期に、性的欲求から一時的に傾倒《けいとう》する場合もあると知った。状況や原因がどうあれ、おおっぴらに口にできることではないと理解できた。それでも光至の以和への気持ちは変わらない。

光至は考えた――以和ちゃんは約束してくれた。結婚するって言ってくれた。ひとりの人を愛し続けるのは素晴らしいことだと誰もが言う。世界はラブ&ピースによって救われるのだと。なのに、世の中に公表できない愛がある。後ろ指さされる愛もある。おかしい。でも、以和ちゃんが傷つくところは見たくない。

以和ちゃんはいじめから僕を守ってくれた。以和ちゃんを愛し続けるなら、僕も僕なりの方法で以和ちゃんを守らなくちゃ——というわけで、光至は「将来の夢」を弁護士に決めた。

勉学に励む一方、将来の暮らしに備《そな》えて親や祖父母からもらったお年玉やこづかいをコツコツと貯め始めた。

あれから二十年が過ぎた。何もかもが順調だったわけではない。むしろ、我慢と忍耐の連続だった。

それが今年の春、ようやく報《むく》われた。光至の人生にも真の春が訪れ、幸せ一杯の日々を満喫している最中だった。

十分後、光至は商店街の近くでタクシーを降り、いつもの道を通って以和の部屋があるアパートへと歩く。今夜は起きていたらしく、以和はすぐにドアを開けてくれた。

「おかえり」

明るい笑顔に迎えられ、光至も笑顔になる。

「……ただいま」

肩を抱き寄せてキスする前に、以和は手にしていた本を掲《かか》げて興奮気味に言った。

「今日、誰に会ったと思う？」

キスを遮られてやや不機嫌になりつつ、光至は短く返す。

「さあな」

「これ！　この本を書いた小説家！」

ねぎらいの言葉もビールもなく、以和は著書の牧原友喜こと牧田伴明と出会ったいきさつを嬉々として語り出した。仕方なく、光至はスーツのジャケットを脱いで耳を傾《かたむ》ける。

「お前もミーハーだな……」

話が一段落したところで光至は牧原の最新刊をぱらぱらとめくり、呆れ気味につぶやいた。

「ミステリーなんか読んだこともないくせに」

「そりゃそうだけど、本人に会ったんだぜ？　フツー買うだろ！　すげえ売れてんだろうに、どうしてあんな古いマンションに住んでんのかなあ……」

以和は牧原の名刺を見せ、夢見心地になっている。

いつまで経ってもお茶の一杯も出てこないので、光至は勝手に冷蔵庫から缶ビールを出した。酒代は前もって渡し、自由に飲んでいいことになっていた。

「会う五分前には、その男に腹を立ててたんだろう？」

「まあ、そうだけど……」

牧田に琢己の件で注意を促したのも、本を買ってしまったのも、いかにも以和らしいとネクタイを緩めながら光至は思う。そういう人の好《よ》さに惚れたのだが、同時にそこに腹が立ったりもする。

「光至は読んだことあるのかよ」

以和が噛みついた。ヘタレなくせに負けず嫌いなところは昔から変わらない。目先のイベントや出来事にのぼせ上がってしまうお祭り気質もだ。

「二冊読んだ。好みじゃないが、面白かった。人気があるのはわかる」

「へえ……映画とかドラマになってないのか？」

以和が尋ねた。勢いで著作を買ったものの、読むのが面倒なのだろう。

「映像に消極的で、ずっと依頼を断り続けていたらしいが……ここだけの話、東テレでドラマ化される。年末放映予定だ」

光至はそっけなく言うとビールを飲んだ。開局三十周年記念のプロジェクトのひとつで、牧原作品としては初の映像化だ。映画クラスのスタッフ・キャストを揃え、それ相当の金もかけるらしい――という話は、アナウンス室にも伝わってきていた。よもや作家本人が地元に住んでいるとは知らなかったが、光至個人にとってはどうでもいい話である。

ところが、以和は目を輝かせて食いついてきた。

「え、マジで？　すげえ！　どの話？」

光至は眉をひそめる。

仕事を終え、酒を飲み、ふたりきりの時間を過ごすために毎晩、ここへ足を運んでいるのだ。以和と話すのは楽しいし、話があるなら聞いてやりたいとも思うが、会ったばかりの男の身の上に費《つい》やす時間はない。

「どうでもいいだろう」

光至にとって牧原友喜は人気作家ではなく、見知らぬ男・牧田なのだ。しかし、光至が本をちゃぶ台の上に投げ出すと、以和は唇を尖らせた。

「なんだよ、乱暴だな……あ、本当は知らないんだろ」

いささかムッとしながら、光至は吐き捨てるように言い放った。

「『又来《こ》む春の誰《たね》になるべき』。おととし、N賞候補になった本だ」

「へえ、N賞候補か、すごいな……今度会ったら聞いてみよう」

そいつの話はもういいから、早くベッドに——と遮る直前、光至の中の「以和センサー」が危険を感知した。話したくはないが、牧田のチェックをしておく必要がありそうだ。時間を惜しみつつも、光至は尋ねた。

「どんな男だ?」

以和はベッドの上であぐらをかき、嬉しそうに話し出した。

「歳は三十五、六かな。感じのいい二枚目だった。手を握って何度も礼を言ってくれた」

「……何だって？」

ビールの缶をちゃぶ台に置き、光至は以和の顔を見据《みす》えた。

「だから、三十代後半ぐらいで――」

「違う、そのあとだ。手を握った……だと？」

「そうだけど……」

光至の顔色に気づいたのか、以和はちょっと怯んでいる。

強い感謝の気持ちが握手という形で出たのかもしれないが、光至はそれで流す気はなかった。もともと勘はいいほうだが、以和のことになるとかなりの高確率で当たる。仮に牧田に妙な気がなかったとしても、以和の手を握った時点で、光至にとっては敵だ。「バカ」がつくほど人が好《い》いところに惚れているとはいえ、何でもそれで許すつもりはなかった。

思い返せば、最初の打撃は中学の卒業式当日に訪れた。運動ができて明るい以和は学校中の人気者で、学生服のボタンを上から下まで全部奪われたのだ。第二ボタンは自分がもらえるもの……と信じて疑わなかった光至は、「俺ってモテモテ～」と有頂天《うちょうてん》になっている以和の姿を見てひどく傷ついた。だが、以和は以和なりにセケンテイというものを慮《おもんぱか》っているのだろうと無理やり自分を納得させた。あとになって、特に何も考えていなかったことに気づいたが。子どもらしい笑い話だが、光至の心には今も生々しく残るトラウマだ。

「何、怖い顔してんだよ」

「もう会うな」

光至は短く言った。晴れて両想いになってようやくトラウマを払拭《ふっしょく》できるかと思いきや、なまじ天国を手に入れてしまった分、今度は些細《ささい》な嫉妬や軽はずみな発言に対する忍耐力が低下してしまった。また有頂天になる前に釘を刺しておかなければ。

「え？」

「その男にもう会うな、と言ったんだ」

「そんなこと言われたって、無理に決まってんだろ。同じ町に住んでるんだし、こっちは客商売なんだし……琢己のこともある」

「そんなんでよく俺を『抱きたい』なんて言えるな」

「は？　それとこれとどんな関係が……」

「会うのは仕方ないとしよう。だが、気を許すな」

色気もフェロモンも不思議なもので、意識した途端に消え去ってしまう。逆にいえば、無意識状態で垂れ流しにしている人間も多い。恋のせいで俺の目がくらんでいるわけじゃない、と光至は思う。以和には確かに、人を惹《ひ》きつけるフェロモンがあるのだ。

「あ……もしかしてお前、嫉妬してるのか？」

以和は笑った。

「アホか。背丈が百七十八もある男に欲情するような男がいるはず——」

「ここにいるぞ」

光至は以和の両肩を掴んだ。ベッドに押し倒し、胴の上にのしかかる。

「……ッ、おい、重い――」

「俺は、お前の身体に染《し》みついた穴子の匂いに寄ってくる野良猫にだって嫉妬する」

これはさすがに大げさだ。だが、承知の上で光至は言ったのだ。このぐらい大げさに言わなければ以和には通じない。そして、言うだけでは足りないと思うから身体に教え込むのだ。

「光――」

眼鏡を外し、光至は以和の唇を塞いだ。反射的に身体を強張らせたものの、以和は抵抗しない。唇の感触を味わい、舌をすべり込ませる。以和の肌が熱くなるのがわかった。

「……ん……」

力強く舌をむさぼりながら、光至は以和の香りを吸い込む。

光至がこの部屋に来る頃には、以和はすでに風呂を使っている。それゆえ、残念ながら汗の匂いや体臭は消え、以和はシャンプーやせっけんの甘い香りをまとっていることが多い。それでも以和自身の香り――フェロモンは感じ取れる。それほどそばにいるという事実が光至を興奮させる。

「俺が毎晩ここへ来るのは、セックスしたいからじゃない。お前を抱きたいからここへ来るんだ。その違いがわかるか？」

光至はパジャマ代わりのTシャツの中に手をつっ込み、以和の乳首をつまんで捻《ひね》った。

「い……って――」

「俺はずっとお前を見てきた。ありのままのお前に惚れてるし、今さらお前の性格を変えようなんて思っちゃいない。お前が何を考え、どういう行動に出るかなんて聞かなくたって手に取るようにわかるからな。ただ……俺の気持ちを茶化すようなことだけは言うな」

「わ、わかった……から……」

光至は乳首から指を離す。以和はふうっと息を吐いた。

「以和、お前はいいヤツだが、バカだ。のんきだし、隙《すき》もありすぎる」

「ひでえ……いくらお前でも、そんな言い方って――」

「気を許すのは、俺の前だけにしろってことだ」

そう言うと、光至は捻った乳首をいたわるようにそっと撫でた。余った手を下ろし、パジャマのズボンの前をまさぐる。盛り上がったそこは、手の動きに合わせて硬度を増していった。

「あ……」

以和の唇から、甘ったるい息が漏れる。

いやらしい顔しやがって。あれこれされるのが好きなくせに、俺を抱きたいだなんてよく言えたものだ——愛情という名の積年《せきねん》の欲望が青白い炎となって燃え盛《さか》る。

高校時代は、光至にとって悪夢の連続だった。「お前なら学区内でトップレベルの進学校に行けるぞ」と中学の教師らにさんざん言われたが、振り切って以和と同じ公立校に入学した……のだが、高校時代といえば、男が一生のうちでもっとも色気づく三年間である。

背が伸び、体格もよくなり、以和はどんどん磨《みが》かれていった。周囲は揃って光至を誉めたが、光至の目には依然として以和しか映らなかったし、以和は誰よりも光り輝いていた。まつげが長いことは小学生の頃から知っている。声量があるのも昔からだが、声変わりによって張りが増し、青空とさわやかな風を招《まね》くような笑い声はいつも光至を明るい気分にしてくれた。遺伝なのか、まっすぐだった髪には少しウェーブがかかるようになり、その毛先がかかるうなじを目にする度にドキドキしたものだ。

光至は勉強に励んだ。弁護士という目標のためだけではなく、「教えてくれ」と頼ってくる以和に完璧な答えとアドバイスを常に用意しておくためだ。以和が他校の生徒とのケンカで顔に青痣《あおあざ》を作ってからは、ウェイトトレーニングも始めた。そのせいか、気がついたら以和より背が伸び、体格もよくなっていた。

使っているシャンプー、毎週欠かさず読むマンガ、好きなタレント、音楽、嫌いな食べ物、本人も気づいていない些細な癖……変わったことも、変わらないことも、以和に関することならすべて知っていた。幼なじみで親友という他の誰も座れない唯一無二の場所にいるからこそ振られるエロ話も、二十五になれば晴れて恋人という鉄壁の肩書きも加わると思えばこそ我慢できた――ある日突然、「好きな女の子がいる」と打ち明けられるまでは。

「光至、待てって……」

「待てない。俺がどれだけ我慢したと思ってるんだ」

光至はネクタイを引き抜き、以和の身体を無理にひっくり返した。パジャマのズボンを下着ごと膝まで下ろし、白く硬い尻の奥にある孔をむき出しにする。ためらうことなく、光至はそこに舌を這わせた。

「光至……っ……！」

以和の腰がくねり、尻がなまめかしく震える。その様《さま》に、光至は激しく欲情した。

高校のクラスメイトは皆、グラビアアイドルやアダルトビデオ、女子の胸の大きさに夢中だった。恋《こ》い慕《した》う相手がいようがいまいが、男の本能がそうさせるのだ。ところ構わず種を撒《ま》き散らしたくなるのは遺伝子を残すために神が牡に与えた使命。おかしなことでもなんでもない。

光至はそういう気分になれなかった。以和以外の男にも反応するなら「自分は同性愛者なんだ」と納得できたろう。ところが心も身体も以和にしか反応しない。光至が不安を抱《いだ》いたのは自分が同性愛者ではないかということではなく、男にも女にも興味が湧かないこと――恋愛感情も性的欲求も以和にしか向かないことだった。

自分が異常なことを光至は悟《さと》った。以和はおかしくない。だから、性欲のはけ口としてガールフレンドを求めるのは仕方ないんだ。でも、本当に愛しているのは俺だけ——それは詭弁《きべん》だ、ごまかしだという悪魔の囁きに耳を塞《ふさ》ぎ、光至は勉強や体力作りに時間を費やした。

高校二年になり、以和から「アナウンサーに向いている」と言われてあっさり目標を変更。どうすればキャスターになれるのか、どの大学へ進めばいいのか、すぐに情報収集を始めた。放送部に入り、アナウンス学校の資料も取り寄せた。

同時に、男同士の性交渉についても勉強を開始した。大学へ入ってからは情報を元に慎重に相手を選び、男とも女ともセックスを経験してみた。女と寝たのは以和の気持ちを理解したかったのと、同性との性交渉の違いを確認したかったからである。

何もかも自分で決め、自己責任で実行した。以和に責任を押しつけるつもりはない。すべては「以和にふさわしい男」になるためだった。その成果がこれだ。

「……入れるぞ」

ローションをまぶした指でしっかり解《ほぐ》した孔にゴムを被《かぶ》せた己のモノをあてがい、光至はつぶやいた。

「あ……ア、ア……ッ……！」

ゆっくり押し進めると、そこはさして抵抗もなく光至の分身を飲み込んでいく。内部はすぐに痙攣《けいれん》を始め、光至を思い切り締めつけた。

「こ……んな格好……お前以外の誰に……させるってんだよ……」

以和は腹這いになったまま、顔だけ振り向いて光至をにらむ。乱れた髪や反《そ》った背骨のラインを眺め、光至は思った。この美しい背中に背負ってもらったこともあったんだなと。

「……こういうことをお前にしたいと考える男が、俺だけだなんて思うなよ。俺は――勘がいいんだ」

低い声で言い、光至は動き始めた。


以和の額にキスをし、光至がベッドを下りたのは二十分後のことだった。牧原友喜の本が再び目に入り、関わり過ぎるなと釘を刺す。

「俺のことが信じられない……ってのか?」

いつものようにぐったりとシーツの上に身を横たえたまま、以和はつぶやいた。

「信じてるさ。お前には二股かけるような技量も度胸もないしな」

「じゃ、どうして――」

「俺はお前よりもお前をよく知ってる――それだけだ」

Yシャツのボタンを留めながら、光至は言った。

お人好しで優しい以和。責任感が強く、頼まれると断れない以和。どんな女が好みで、どんな言葉にほだされるのか、俺は知っている。優しさにつけ込んで、以和を振り回そうとする人間がいることも。

「二言目には、それ……なんだよな」

いつもとは少し異なる声音《こわね》に光至は振り返った。以和は背を向けたまま、続ける。

「わかってるよ。二十年もお前をないがしろにしてきた俺が悪いんだ……そうだろ？」

強すぎる想いと期待に光至は押しつぶされそうになり、何度も嘆き、失望し、悔《くや》んだ。だが、以和を恨むことだけはできなかった。ある日、自分の行動の根本《こんぽん》にあるのは以和への限りない愛なのだ、というシンプルな答えに気づいてしまったからだ。もしも恨むことができたら、きっと楽だったに違いない。

嫉妬で眠れず、恋い焦がれるあまり頭痛や吐き気を催《もよお》すほど苦しんだ夜を以和は知らない。別に知る必要はない。知らせる気もない。その分の想いをぶつければいいのだ。

「……お前を責めたことなんかない」

長い夜を経《へ》て、ようやく夜明けを迎えた。ふたりきりで幸福に酔い痴《し》れていたいのに、長い時間抑《おさ》え込み、熟成された濃密な光至の愛が以和を困惑させている。わかってはいても、光至にはどうすることもできない。

「じゃあな」
光至はスーツのジャケットとブリーフケースを手にした。以和は答えない。いつも明るい お調子者なだけに、落ち込まれると光至も戸惑う。といって、謝りたくもない。結局、おやすみと言い残して部屋を出た。

午前三時過ぎの町は凍りついたように静まり返り、まるでこの世の終わりのように感じられる。夜空に浮かぶ月を眺めながら、光至は自分が放《はな》った言葉を思い出していた。

（お前の気持ちが俺より強いと認められたら、おとなしく抱かれてやるよ）

あの言葉を口にしたとき、実は光至は密《ひそ》かに期待していたのだ。「強いに決まってるだろ！」と以和が強く言い切ってくれることを。例えそれが、根拠も何もない出まかせや強がりでも、言ってくれさえすれば光至は喜んで以和を受け入れるつもりだった。以和を失うこと以上に恐れるものなどないからだ。

だが、以和は「認められるまで待つ」という光至の言い分を飲んだ。同じぐらい想っている、愛しているとは言ってくれなかった。

俺はずっと待った、と光至はひとりごちる。ずっとずっとずっと待っていた。だが、約束を忘れるなんて……と責めることはできても、同じだけの想いを今すぐ手に入れさせてくれとは言えない。以和が負い目を感じ、自分を責めていることを光至は知っている。「そんなものを信じ続けるほうがおかしい」となじったことを後悔していることも。

貯金は今も続けている。愛の巣を手に入れるためだ。世間体《せけんてい》が気になるなら、同じマンション内に部屋をふたつ買えばいいと思っている。

いつか、以和と一緒に暮らす――それが光至の次の夢、目標だった。

光至の下《もと》には芸能事務所などから引き抜き話がいくつか舞い込んでいた。フリーのアナウンサーにならないかという誘いだ。上手くいけば、収入はサラリーマンのそれとは比べ物にならない額になる。東テレへの忠誠心も愛着もあるが、以和との未来には代えられない。

俺は以和を手に入れた、と光至は思う。二十年かかったとはいえ、まだ若い。目の前には輝かしい未来が両手を広げて待っている。それなのに、胸にかすかな痛みが生じる。以和が罪悪感から自分の言いなりになっているのではないか、という不安がよぎるのだ。仮にそれが事実だとして、以和を手放す気などこれっぽっちもないが……。

愛はドラッグ。一度味わったら、二度と手放せない。切らしたが最後、前よりもほしくなる。ほしくて、ほしくて――抑えが利かなくなる。以和はきっと、それを知らない。

（俺はお前よりもお前をよく知ってる）

それは間違いではない。だが、たったひとつだけ、光至も知らないことがあった。

以和と恋人関係になるということは、どういうことなのか。以和から求められると、どんな気持ちになるのか。どれほど情報を集めても、それだけはわからなかった。今、光至はやっとそれを知りつつある。

結婚生活や夫婦生活のほうがまだ理解できた。病《や》めるときも健《すこ》やかなるときも……と文《もん》言《ごん》に記されているからだ。しかし、夫婦のあるべき姿は想像できても、恋人としてどんなふうに互いを大切にし、日々を築《きず》いていけるのかまではシミュレーションできなかった。想うばかりで、実際に「想いを返される」ということがなかったからだ。

自分が以和を求めるように以和にも求めてほしい。セックスのポジションを変え、以和の性器を受け入れるのが「求められること」なら、話は簡単だ。しかし、以和の望みは単に「突っ込まれる側から突っ込む側に回りたい」ということなのだ。

それでは意味がない。だから言ったのだ——お前の気持ちが俺より強いと認められたら許す、と。

自分はこんなに以和を愛しているのに、と光至は思う。以和はまだ、恋の玄関辺りをウロウロしているように見える。それでもいい、それで十分幸せじゃないか、これまでのことを考えれば——とあっさり言い切るには、忍耐という名の心のフタは、中身の沸騰《ふっとう》のせいでとっくに弾け飛んでいた。

好きだと言い、見つめあい、キスをし、セックスしている。でも、好きだと言い、見つめあい、キスをし、セックスするだけでは本当の恋人にはなれない。まだ距離がある——光至はそのジレンマと格闘していた。

3

「ただいまー！」

ドアを開けてくれた牧田に向かって、琢己は元気よく言った。

「おかえり……お、ちょっと待て」

牧田は運動靴を脱ごうとした琢己を止め、一緒に廊下へ出る。そばに立っていた以和から少し離すと、ほこりまみれの琢己の半ズボンをパンパンとはたいた。

「汗びっしょりじゃないか。ずいぶんがんばったんだな」

牧田は琢己に微笑みかける。

「うん、ちゃんとできるようになったよ！　ね！」

琢己は得意げに目を輝かせ、以和に同意を求める。以和は親指を立てた。

「おう、バッチリだ！」

何の話かというと、鉄棒である。今日は木曜。「太子屋」の定休日を利用して以和は琢己につきあい、公園でさか上がりを教えていたのだ。

「ありがとうございます。お世話になりました」

白い歯を見せ、牧田は以和に頭を下げた。

「いや、楽しかったですよ。近所のガキらが一緒になって、あーしろこーしろってうるさく教えてくれて……途中から『だるまさんが転んだ』大会になっちゃって」

初めて琢己に会った週末、牧田と妹——つまり琢己の母は菓子折りを持って「太子屋」へあいさつにやってきた。赴任先で入院中の父親も身寄りがなく、母親は迷った末、琢己を兄である牧田に預けたのだった。幸い父親は順調に回復しており、来月には仕事に復帰する予定らしい。

話を聞いた以和の両親はお節介《せっかい》精神を発揮し、琢己には「ジジババと思え」、母親には「実家のつもりで遊びにこい」と勧め、穴子を振舞《ふるま》い、入院中の父親用に土産《みやげ》まで持たせた。母親は感激して涙を見せ、「ジジババと以和お兄ちゃんの言うことをちゃんと聞くように」と琢己に言い含めたのだった。

以来、琢己は学校帰りに顔を見せるようになり、「さか上がりができない」という話を琢己から聞いたジジが勝手に以和をコーチに任命。店が休みの今日、牧田の許しを得て練習に励んだ……というわけだった。

「『だるまさんが転んだ』って初めてやった。伯父さん知ってる?」

「知ってるさ。お前ぐらいの歳の頃、よくやったよ。面白かったか?」

「面白かった！」

「そうか、よかったな。四時半か……ちょっと早いが、飯の前に風呂に入ってこい」

頭を撫でられ、琢己は嬉しそうにうなずく。牧田は以和に視線を移した。

「赤江さんも上がってください」

夕飯をごちそうすると言う牧田に、以和は首を左右に振る。

「いや、俺はここで……」

「えー、帰っちゃうの？　一緒にお風呂入ろうよう」

すっかり懐いてしまった琢己は、以和の腿を叩いた。

「あー、じゃあ、銭湯行くか？」

子ども好きな以和は思わず言っていた。

「銭湯？」

「でかい風呂だよ」

「スパのこと？」

「お、シャレたもん知ってんなー。まあ、それに近いかな。温泉じゃないけど、泡の出る風呂はあるぞ」

「うん、行く！」

「牧田さんもどうですか？」

以和は牧田に声をかける。言った直後に光至に刺された釘を思い出したが、遅かった。

「あ、すいません、余計なことを……」

「いや、いいですね、銭湯も」

「でも、仕事があるんじゃ――」

「いや、今日はもう終わりにします。じゃ、みんなで銭湯へ行って、それから飯を――」

「ピザ！　ピザがいいよ」

琢己がはしゃぎながら手を挙げる。

「お父さんとお母さんとスパ行った日は、帰りにピザ食べるんだ」

困ったような顔をする牧田を前に、以和は助け船のつもりで手を挙げた。

「あー、俺もピザ食いたいなあ。うちじゃめったに食えないんで。あとでお母さんに怒られなければ……」

「怒らないよ！　だって、以和兄ちゃんの言うことちゃんと聞けってお母さん言ったもん！」

牧田は苦笑し、うなずいた。

「じゃ、そうしよう。でも、お母さんには言うなよ。男三人の秘密だ」

それから時間指定でピザを注文し、三人で銭湯へ行った。琢己はよほど嬉しかったらしく、興奮しっぱなしだった。帰宅してからピザを食べ、以和とゲームをし、八時を回ったところで電池が切れたように眠りに落ちてしまった。

「あいつのあんなに楽しそうな顔、ここへ来てから初めて見ました」

琢己をベッドへ運び、戻ってきた牧田は再び礼を言った。

「平気なフリして強がってるけど、やっぱり寂しいんだと思います。私なりに気遣ってるつもりなんですが、なかなか目が行き届かなくて……」

「しょうがないですよ。琢己もきっとわかってますって」

「赤江さんには本当に感謝してます」

「以和でいいです。あと、その敬語もやめてください。目上の人に敬語使われると調子狂うし……」

「じゃ、お言葉に甘えて……以和くん」

牧田の声で穏やかに呼ばれ、以和はなんだか照れくさくなった。

「子どもとつきあうの、上手いんだね。この辺りの子どもはみんな幸せだな、君のように頼れる兄貴分がいて」

「そんな……俺も子どもだから、一緒に騒ぐのが楽しいだけですよ」

お世辞だとわかっていても、ハンサムな人気作家に誉められて嬉しくないはずがない。

以和は頭を掻《か》きつつ、腰を上げた。

「あの……琢己も寝たし、俺もそろそろ帰ります」

「もう？　まだ八時過ぎなのに……大人の時間はこれからだよ」

脳裏に再び光至の姿が浮かび、以和は言葉尻を濁す。

「それはまあ、そうですけど……」

「それとも、可愛い彼女と約束があるのかな」

からかうような言葉に、以和の胸に小さな苛立《いらだ》ちが芽生《めば》えた。牧田に対してではなく、束縛したがる光至への、そして光至の顔色をうかがっている自分への苛立ちだった。

光至が戻るまでにはまだ時間がある。番組の録画予約もした。第一、恋人だからと俺のつきあいを制限する権利は光至にはない。

牧田のことを変に心配していたが、考え過ぎだ。この間の晩だってそうだ。セックスを拒絶しているわけじゃないし、浮気をチラつかせたわけでもないんだから、何もあんなに強引に、あんなふうに恥ずかしい体勢でヤらなくたって――。

「以和くん？」

以和はハッと我に返る。

「あ、何でもありません。じゃ、ちょっとだけ」

「そうこなくちゃ」

牧田はうなずき、リビングのボードに収められているブランデーを出してきた。それもめったにお目にかかれない超高級品だ。まだ年若く、「質よりは量」とばかりにビールや焼酎で満足している以和だが、一度は口にしてみたい酒である。浮いた腰を下ろし、「どんどん飲んで」という牧田の言葉に甘えてグラスに口をつけた。

「はー……美味いっすねえ……」

芳醇《ほうじゅん》な香りとコクに大人の味わいを感じる。

「ああ、そうだ、忘れないうちに――」

牧田は何かを思い出したように席を立ち、本を片手に戻ってきた。

「これ、発売前の新刊見本なんだ。もらってくれないかな」

「え、いいんですか？　ありがとうございます！」

以和は受け取り、タイトルやカバーを眺める。

「あのう……サイン入れてもらっていいですか？」

「もちろん」

牧田は慣れた様子で、中扉の上部にマジックで以和の名前を入れてくれた。

「すげえなあ……サインもらうのなんて初めてです。しかも、自分の名前入りなんて」

「珍しい名前だね、以和って」

「ああ、それは――」

以和は名前の由来を話す。牧田は感心したように微笑んだ。

「その由来、いつか作品で使わせてもらえないかな」

「え？」

「どんな作品で……とはっきり言えないんだが、とても魅力的な由来だし、キャラクターの素性にさまざまなカラーをつけられる要素だと思う。探偵にぴったりの名前だ」

「た、探偵……ですか？」

　驚き、以和は身を乗り出した。

「ああ。金田一耕助《きんだいちこうすけ》も明智小五郎《あけちこごろう》も、珍しい名前というだけじゃない。物語を感じさせる名前だと僕は思う。活躍はもちろんだが、その名前が出るだけでストーリーに重みや色が増すというのかな……そういうネーミングはとても難しいんだ。覚えやすく、それでいてインパクトのある名前は特にね」

「はあ、そうなんですか……」

　人気作家の制作秘話に耳を傾けながら、以和はボーッとなった。数々の難事件を解決する名探偵・××以和……ああ、カッコいいかも。聖徳太子みたいに一度に十数人の話を聞きわける能力を持ってるとか――妄想が広がり、どんどん楽しくなってくる。

「俺の名前でよければ、好きに使ってください」

　超がつく人気作家からの意外な依頼に、以和は胸を張って言った。

「ありがとう。ここの商店街を舞台にするのも面白そうだな」

「牧田さんみたいに有名な作家さんが地元にいたなんて、俺、知りませんでした。商店街でも聞いたことないから、びっくりしましたよ」

「有名なのは作品と作家名だけでいいよ。僕自身は普通に生活してる市民だから……変に騒《さわ》がれても困るしね」

そこで牧田は以和に、サラリーマン時代からこの沿線で暮らしていること、作家デビュー後もしばらくはサラリーマンと二足のわらじをはいていたこと、作家仕事だけで食べられるようになってからこのマンションに越してきたことなどを語った。緑の多いところや、下町の空気を残した「ななつのこ商店街」も気に入っているという。

「編集者や税理士からは不動産でも買ったらどうかと言われてるんだが、シンプルな暮らしがしたいんでね。身ひとつでどこへでも行けるようにしておきたい。だから、広くて新築の家はいらないんだ。と言っても、今のところ、ここから離れるつもりはないんだが」

成功し、富と名声と気ままな生き方だけを見ればうらやみたくもなるが、維持するには相当の努力が必要だ。生かすも殺すも自分次第——という自営の店に生まれた以和にはよくわかる。だからこそ、その苦労を見せずにスマートに振舞う牧田が、以和にはひどく粋《いき》に映った。

「あ、そういえば、本がドラマになるそうですね」

アルコールのせいもあり、つい口が緩んでしまった。牧田は眉をぴくりと動かす。

「……どこから、その話を?」

鋭い口調に驚き、以和は慌てて光至から聞いたことを説明する。

「詳しく教えろって俺がせっついたんです。あの、誰にも言ってませんから！」

「いや、いいんだ。まだ本決まりじゃないから、ちょっと神経質になってるだけなんだ。映像化の話は何度ももらってるんだが、なかなかふん切りがつかなくてね……」

牧田は穏やかな表情に戻り、続けた。

「そうか、日高アナウンサーはここが地元なのか」

「ええ、幼なじみなんです」

安堵から、以和は話題を光至へと移す。小学校へ上がる前からの友人であること、実家がフレンチ・レストランであること、地元出身の有名人として慕われていること……。

「ああ、『パ・ド・ドゥ』なら何度か行ったよ。いい店だね」

ほーら、みろと以和は胸の中で光至に向かってつぶやいた。いい人じゃん。妙な下心なんかねえよ、男同士なんだしさ。

「本人はアナウンサーが性《しょう》に合ってるみたいですよ」

「親友なんだね」

「どうかなあ……腐れ縁っていうか、ケンカ仲間っていうか……」

「ケンカするような男には見えないけど」

「あいつ、外面《そとづら》いいから。顔もいいし……みんな騙されてるんですよ」

「確かに顔はいい。原稿を読むのは上手いし、コメントも気が利いてるし、人気があるのもわかる。でも――」

ここで言葉を切ると、牧田は以和の目をじっと見て言った。

「僕は以和くんのほうが男前だと思うよ」

「いや、そんな……ことないっす」

謙遜《けんそん》しながらも、以和は嬉しくなる。特に「男前」という表現が気に入った。「ハンサム」や「色男」「二枚目」は容姿への誉め言葉だが、「男前」には心意気や生き様《ざま》に対するカッコよさが含まれていると思うからだ。それでこそ日本男児！と言われた気がする。

「モテるんじゃないの？　面倒見はいいし、責任感はあるし……」

以和のグラスにブランデーを注《つ》ぎ足しながら、牧田が尋ねた。

「いやー、それが全然……」

「でも、つきあってる人はいるんだろう？」

「それは、まあ……」

やっぱりね、と牧田はうなずく。

「彼女はやきもち焼きなのかな」

「わかります？」

以和は思わず身を乗り出した。

「わかるさ。さっきからしきりに携帯や時間を気にしてる割には、以和くんから連絡を取る素振りがない。タマ握られちゃってるんだなあと」

「え！」

反射的に以和は両手で股間《こかん》を隠した。そういう意味ではないとすぐにわかったが、遅かった。牧田は白い歯を見せて大笑いしている。

「……愛されてるんだねえ」

「いや、ええと……ははは」

照れ隠しに、以和はブランデーをごくごくと飲んだ。

「どんな子？」

「どんな……うーん……」

以和は首を捻《ひね》った。「男です」と言うつもりはもちろんないが、恋人目線で光至を語るのは難しい。悪友として過ごしてきた時間のほうが長いからだ。どうしても、強引で傲慢《ごうまん》で嫉妬深くて……と文句ばかりになってしまう。エッチが大好きで毎晩泣かされてます、とは口が裂けても言えない。

「いいヤツですよ」

他にないのかよ、と以和は情けなくなった。しかし、それしか出てこない。

「いつからつきあってるの？」

「恋人としてはまだ半年ぐらいです。ずっと友達でした。あっちはずっと俺を好きだったみたいなんですけど、俺、バカだから気づかなくて……」

「それじゃ、やきもち焼きにもなるな」

「そうですか?」

「だって、ようやく以和くんを手に入れたんだろう? 束縛したくもなるさ」

牧田は肩をすくめた。

「うーん……」

以和は空のグラスを回し、氷を鳴らした。他人に言われると説得力がある。歳が一回りほども年長で、作家として揺るぎない地位を築いている牧田が言うのだからなおさらだ。

頭では理解できている。身体も快楽と共に受け入れようとしている。ただ、心が「友達」から「恋人」への画面切り替えに手間取っているだけなのだ。

「何もかもが新鮮で、今が一番楽しい時期だと思うけどね」

「そりゃ……楽しいですよ。ただ、ずっと友達だと思ってたから——見方を友達から恋人に急に変えたら、知らなかった部分がどんどん見えてきて、『あれ、こいつこんなヤツだったっけ?』って……」

「なるほど、新鮮すぎてまだ恋人関係に慣れてないんだな」

以和は膝を打った。

「そうそう、そうなんです。好きは好きだけど、気恥ずかしいっていうか……ずっと一緒にいたから、今さら聞けないこともあったりして」

話しながら、以和は急激な眠気に襲われた。頭がぼんやりし、あくびがしたくてたまらなくなる。

「なるほど……可愛いね」

なんともいえない表情で牧田が見ている。

「いやもう、なんつーか……ヤることはヤってんのに、なんか中坊みたいで……余計に困るっていうか……ははは」

「氷がないな。持ってくるよ」

アイスペールを持って牧田が立ち上がる。いえ、そろそろ帰りますと告《つ》げ、牧田の姿が消えたところで以和は大あくびをした。だが、そのあくびを境《さかい》に記憶が途切れた。


「ん……」

電子音に起こされ、以和は目を開けた。見覚えのない部屋の様子に一瞬戸惑い、すぐに牧田のマンションだと気づく。ソファに横たわり、身体の上にはタオルケットがかけられていた。

「以和くん、携帯……」

呼びかけられて身体を起こすと、牧田がすぐそばにいた。電子音はテーブルに置いた携帯電話の着信音だったのだ。相手は光至だ。以和は急いで手を伸ばす。

「もしもし？」

『どこにいるんだ』

低い声だった。明らかに怒っている。腕時計に目をやると、光至が部屋を訪ねてくる時刻を回っていた。

「げっ！　俺、寝ちゃってました？」

焦《あせ》ったせいで、以和はうっかり牧田に尋ねてしまった。まずい、と思ったときはもう遅かった。牧田の「ああ」という声が光至の耳にも聞こえたらしい。

『……どこに誰といるんだ？』

ひー、という悲鳴を飲み込み、勢いよく立ち上がった。その拍子にタオルケットが床に落ちる。兵士のように背筋を伸ばし、以和は携帯に向かって短く言った。

「あ、帰る、今すぐ帰る。十分ぐらいだから待ってろ！」

『以和――』

返事を待たずに通話を切ると以和はタオルケットを拾い上げ、牧田に頭を下げた。

「俺、帰ります。すいません、ごちそうになった上に寝ちゃって……あの、この礼は改めてしますんで」

「いや、それは構わないんだが……大丈夫？　例の彼女？」

牧田は心配半分、興味半分といった顔だ。

「ええまあ……じゃ、おやすみなさい」

あいさつもそこそこに、以和は牧田の部屋を出てアパートへの道を走った。当然のことながらまだアルコールが残っており、ふらつくし、頭痛はするし……で辛かったが、それでも可能な限りスピードを上げた。別に浮気してるわけでもないのにどうして非難されるんだ、吐いたらどうしてくれる——と思ったが、やはり光至の怒りのほうが怖かった。

七分で戻り、ゼーハー言いながらアパートの階段を上がって部屋のドアを開けた。と、スーツ姿の光至が仁王立ちで待っていた。

「……ッ、ごめ……」

以和はドアを背に、胸で息をしながら謝る。

「琢己のさか上がりにつきあって、牧田さんとこで飯ごちそうになって、ちょっと飲んで……つい、寝ちゃって——」

組んでいた腕を解くと光至は以和の肩をぐいと引きよせ、鼻を動かした。

「……ちょっと飲んだ、って匂いじゃないな」

「え？」

わかんの？と問い返す間に、光至は続ける。

「髪、洗ったな？　牧田の部屋で風呂に入ったのか？」

「い、いや、飯食う前に三人で『梅の湯』へ行ったんだよ。汗かいたし、琢己が行きたいって言うから……お前が帰ってくる前に戻るつもりだったんだ！　でも、うっかり寝ちまって……光至？」

以和は説明を止める。光至が首筋を凝視《ぎょうし》していることに気づいたからだ。

「な、何？」

「それは俺のセリフだ。何だ、その痕《あと》は」

地を這うような声で言うと、光至は手を伸ばしてうなじにかかっている以和の髪をかき上げた。以和は玄関脇の壁にある鏡に鎖骨の辺りを映す。

「痕って……え？」

鬱血《うっけつ》の赤い印――それはどう見てもキスマークだった。以和は視線を鏡から光至に移し、激しく首を振った。

「し、知らない、俺は知らない！　牧田さんとこでトイレを使ったとき、洗面所で鏡見たけど、こんなのなかったし……あ、きっと蚊《か》だ！　酒が入ってるからきっと……ここまで走ってくる途中で刺されて――」

「寝てたときにつけられたんだろうな」

必死の言い訳を無視し、光至は断定する。ここで一緒に騒ぐと激情を煽るだけだと思った以和は深呼吸をし、光至の目をじっと見つめながら努《つと》めて静かに言った。

「なあ、お前の考え過ぎだって。つきあい始めたばっかの恋人がいるって話はしたし、牧田さんも『今が一番楽しいときだね』って言ってくれたんだぜ？」

「だから？」

冷たく返され、以和は息を飲んだ。

「お前がどんな女とつきあおうが、俺の気持ちは揺るがなかった。そういう俺に対して、お前の『考え過ぎ』が通用するとでも？」

以和の中で、何かが切れた。

光至を言い負かせるはずなどない。いや、と以和は思う。口だけじゃない、勝てるもの、優《まさ》るものなんか何ひとつない。だからこそ——。

「……ああ、わかったよ。いつまでもずっとそうやって俺を責めて、罪悪感を抱《いだ》かせ続けろよ」

部屋へ上がると、以和は光至の前でTシャツを脱ぎ捨てた。続けてジーンズのボタンに手をかけ、ファスナーを下ろす。

「以和……？」

半裸になり、以和は言った。

「何を言おうが、何をしようが、お前は俺を許す気がないんだ。好きにしろよ……ケツの穴が破れるまで突っ込みゃいい。それがお前の愛情なんだろ？　溜まりまくった二十年分の性欲にしか思えないけどな！」

目と鼻に衝撃が走った。それからジン……と痺れるような痛みが頬に広がる。ひっぱたかれたとわかった次の瞬間、以和は拳《こぶし》を突き出していた。右手の甲の骨に光至の頬骨が当たり、鈍《にぶ》い音がした。

「……ッ……！」

眼鏡がずれ、光至はかすかによろめく。避《よ》けられなかったのか、それとも避けなかったのか。

しまった、と思ったのは血が光至の唇に滲《にじ》む様を見た時だった。以和はすぐに謝罪の言葉を口にしようとし——やめた。

お互いさまだ、やられたからやり返したまでのこと。今さら謝るも何もない。挑発《ちょうはつ》したのは自分だが、先に手を出したのは光至だ。謝るとすれば、光至のほうが先のはず。

また、いつものようにベッドに組み敷《し》かれるのだろうと身構えていると、不思議なことに光至は無言で眼鏡をかけ直し、以和が床に落としたTシャツを拾い上げた。それで自分の唇の血を拭うと以和の胸に押しつけ、ブリーフケースを手にドアを出ていった。

以和は数分、ぼんやりと立ち尽くしていたが、痛みを意識して気づいた。長いつきあいだが、こんなふうに手を出してのケンカは初めてだと。

＊＊＊＊＊

『こんばんは。○月×日、「ニュース・オデッセイ」の時間です。まずは、こちらのニュースから——』

ケンカをした翌日の晩、やや気まずい思いを抱えたまま、以和はテレビの前に座っていた。今日はリアルタイムで観ているが、昨日録画した「ニュース・オデッセイ」は観ていなかった。そんなことは初めてだ。

初めてといえば、光至から電話やメールが来ないのも初めてだった。以和は携帯電話が苦手で、つきあうようになってから光至の要望で持ったのだ。友人や家族に番号を教えたものの苦手意識は変わらず、光至との連絡専用と言っても過言ではない。それゆえ、光至からの連絡が入らないとほぼ冬眠状態になる。今日に限ってはそれがなんだか物足りなく、何度も留守電メッセージやメールをチェックしてしまった。

『では、事件の詳《くわ》しい背景を検証してみましょう』

メインキャスターの声と共に画面が切り替わり、光至の姿が映し出され、以和はハッとした。左目のやや下、頬骨の辺りに青黒い痕があったからだ。ドーランを塗っているという話は以前聞いたことがあるが、隠し切れなかったらしい。

以和は思わず手を伸ばし、画面に映る光至の顔に触れた。

『今回の事件ですが、ポイントはふたつあります。まず、ひとつ目は――』

いつもと変わらぬ表情、声で光至は淡々と説明していた。内出血の痕以外は何も変わらないだけに、かえってその部分が目を引いてしまう。

もう、ニュースは以和の耳に入らない。情報を知るためではなく光至の状態を確認するためだけに、以和はひたすら番組を観ていた。

一時間後の終了間際、出演者らがちょっとした雑談を交わすのが恒例なのだが、恐らく無視したまま終えるわけにはいかなかったのだろう、メインの女性キャスターが光至の顔の痕について「どうしたのか」と話を振った。

『ぼんやりしていて、ドアにぶつかったんです』

『日高アナウンサーでもぼんやりすることなんてあるんですね』

明らかに用意されたセリフだったが、光至は女性キャスターに向かって小さく微笑んだ。

『もちろん、ありますよ』

それからカメラを見据え、頭を下げた。

『視聴者の皆さんに見苦しい顔をさらし、申し訳ありません。気をつけます』

『では、本日はこの辺で』

よい週末を——とキャスター全員が口を揃え、「終」の文字が画面下に出た。

スイッチを切り、以和は動揺した。悪気はなかったとはいえ、頭に血が昇って光至が日本全国の人間に見られる仕事に就《つ》いているってことを忘れちまった——申し訳なさと同時に、以和は自分の中に芽生えた奇妙な優越感に戸惑った。光至の顔の痕に自分たちの関係が刻《きざ》まれていること、カメラの向こうの光至は遠い世界の人間ではなく、確かに自分とつながっていることを確信したのだ。

以和は携帯電話を手に取り、「番組観た。殴ってごめん」と光至にメールを送った。返事が来たのは一時間後だった。「大きなスクープが入ったので帰れない。今日は寄らないから寝ろ」とある。以和が再びテレビの電源を入れると、大物政治家のスキャンダルを報じるテロップが画面上部に流れた。

返信すべく携帯電話をいじっていると、牧田から着信があった。出ようかどうしようか、以和は一瞬迷う。だが、食事の礼がまだだったことを思い出し、礼だけ言ってすぐに切ろうと心に決める。牧田には何の責任もないが、光至の顔を見たあとでは話をする気にはなれない。

「……はい、以和です」

『牧田です。こんな時間に申し訳ない』

「いえ、こんばんは。あの、昨日はありがとうございました。逃げるみたいに帰っちゃって、すいません。すぐに連絡しなかったのも――」

『いや、いいんだ。調子に乗って飲ませたのは僕だし……電話したのは「ニュース・オデッセイ」を観たからなんだ』

以和はドキッとする。

「はあ……何か？」

『観た？』

「ええ」

『日高アナウンサーが怪我をしていたようだから……もしかしたら昨日、君が慌てて帰ったことと何か関係があるのかなと思って。仲がいいという話を聞いたものだから……』

「俺は関係ありません」

以和は努めて明るく否定した。

「俺も番組観てびっくりして、『どうしたんだよ』ってメールしたんです。あいつ、意外にそそっかしいところがあるから……」

『そうか。いや、関係ないならいいんだ。余計な気を回して申し訳ない。それより、またから無理かな?』

ゆっくり飲みたいと思ってね。来週の連休あたり、どうだろう? ああ、祝日も店がある

「そんなことはありませんけど……」

確か、琢己は父親の赴任先《ふにんさき》へ行くはずだ。それを言うと、牧田は静かに笑った。

『そう、だから、ふたりでゆっくり……と思ったんだ。実は昨日、S社の担当編集者と話をしていて、この商店街を舞台にした作品を書いてみたいと言ったら、ひどく乗り気になってね。そんなわけで、また会っていろいろと話を聞かせてほしいんだ』

「ななつのこ商店街」は元気な商店街だが、それでも以和が子どもの頃に体感した賑《にぎ》やかさは減少している。ホームページを作ったり、店と地域住民が一体となったイベントなどを企画しているが、外から人を呼ぶには至っていない。商店街が舞台の本、それも人気作家の本となれば活性化にもつながるかもしれない。

「いいですよ」

以和は答えた。光至は首筋の痕をキスマークだと言ったが、きっと考え過ぎだろう。ただの虫刺され、あるいは自分の爪で掻きむしったのかもしれない。

大丈夫、飲み過ぎなければいい。隙を見せなければいい。

「俺で役に立てるなら」

4

土曜の夕刻、以和は東京中央テレビ内にいた。穴子重十人前というありがたい大量注文を受け、出前にやってきたのである。さすがにひとりでは運べないので、アルバイトの大学生と一緒だ。

「あ、『太子屋』さんですか？　ご苦労さまです、こっちにお願いします」

首からスタッフ証をぶらさげた女性に誘導され、以和はドアの中に入る。小学生の頃に見学に訪れたことは何度かある。また、光至を初めとする社員が「太子屋」へやってくることはあったが、出前で来るのは初めてだ。さすがにちょっと緊張する。

部屋はやや広めの会議室らしく、無人だった。以和はバイト青年と手分けして端にあるテーブルに穴子重、空《から》の椀と吸い物が入ったポット、割り箸、新香を素早く並べる。先ほどの女性スタッフから代金を受け取ってドアを出ると、廊下で女性アイドル歌手とすれ違った。私服姿だったが、画面で見るよりもずっと可愛い。バイト青年が嬉しそうに以和をつついた。

「……見ました？」

「ああ」

光至のことを考えていた以和は、生返事をする。

昨夜、あのメールを寄越したきりで、光至からの連絡は途絶えた。仕事なんだから仕方がない――と言い聞かせるそばから不安になる。

すでに出勤している時間だ。会えないかな、と以和は淡い期待を抱《いだ》く。いや、あいつは忙しいんだ。それに、こんなに広くて人が集まっている場所で偶然会えるはずなんかない。

それより、早く戻らないと父ちゃんにどやされる――。

「あ……日高さん！」

バイト青年の声に、弾かれたように以和は顔を上げた。

「……以和？」

光至が立っていた。Yシャツにネクタイという格好で、怪訝《けげん》な顔をしている。会えないだろうかと考えていたのに、実際に会ってみると不思議な感じがした。

「ああ、出前か」

「はい」

ボーッとしている以和に代わり、バイト青年が答えた。

「以和、どうした？」

再び光至に声をかけられ、以和はようやく我に返る。

「いや、あの……」

以和は自分のおかもちをバイト青年に渡し、先に戻ってくれと頼んだ。まだうっすらと残っている光至の顔の痕を目の当《ま》たりにし、もう一度、直接謝りたかったのだ。光至は以和の意図に気づいたらしく、廊下の端へと寄る。

「……顔、平気か？」

ぎこちなく言った。

「どうってことない」

光至が少し笑ってくれたので、以和もホッとする。

「昨日、何時に帰ったんだ？」

「陽《ひ》が昇ってから」

「そ……か。大変だな」

「テレビ局勤務の宿命だからな」

そんな会話を交わす合間にも、人々が忙《せわ》しく廊下を行き来する。光至の姿を目に留《と》め、軽く会釈《えしゃく》していく人間も少なくない。

そこで以和は唐突に理解した。光至が目の前にいるにもかかわらず不思議な感覚がするのは、自分がアウェーにいるからなのだ。自分の日常、自分のテリトリーに光至がいることが当然のような気がしていたが、ここそが光至の日常であり、戦場なのだと。

改めてそれを意識すると、光至の姿が光り輝いて見える気がした。広い肩は頼もしく、引き締まった腰は男らしい。いつも身に着けているYシャツやネクタイがコスチュームのように映る。書類を持つ手、そして指がこれほどきれいでセクシーだとは気づかなかった。なんだ？と以和は思った。俺、ちょっとドキドキしてる。こいつ、こんなにカッコよかったっけ？　見た目がいいのは昔からだし、アナウンサーとしてファンがついていることもわかっちゃいるが――。

「どうした、顔が赤いぞ？　風邪でも引いたんじゃないのか？」

光至は首を傾げる。

以和ちゃん、以和ちゃんとまとわりついていた泣き虫の男の子はもういない。学ランに身を包み、数学の問題を丁寧に解いてみせた少年も。目の前にいるのは、匂い立つような色香を持った大人の男――ニュースを日本中に伝えるために昼も夜もなく走り回る、働く男だ。

「あ、いや……殴って悪かったなと思って。カッとしちまって、お前がテレビに出る仕事してるんだってこと、忘れてた」

「心配するな。上からは叱《しか》られたが、放送が終わってから番組のホームページに見舞いメールが山のように届いたとさ」

「それならいいんだけど……」

腕時計に視線をやり、光至は言った。

「その話はあとで——部屋でゆっくりしよう」

その手でさりげなく肘《ひじ》に触れられ、以和はまたドキッとする。

「そ……うだな。ごめん、忙しいのに邪魔して」

「今日は寄れると思うから、寝ないで待ってろよ」

眼鏡の向こうの瞳を艶《なまめ》かしく光らせ、光至が囁く。人目のない場所だったらキスぐらいされそうな感じがした。そうなっても拒《こば》まないと思う自分に、以和はクラクラする。雨降って地固まるってこういうことを指すのかな。ケンカ後の仲直りエッチって、すごく盛り上がるって聞くけど——などという以和の桃色妄想を遮ったのは、光至の肩越しに見えたドレスシャツにジャケットという格好の男の姿だった。

「ああ、以和くん！　よかった、まだいてくれて」

「え……牧田さん？」

以和の声に光至が振り向く。しかし、牧田は光至の存在を無視した。鈍感《どんかん》な以和でもわかるほど、それはあからさまだった。

「打ちあわせがあってね」

「ああ、ドラマの……」

思わず言いかけ、以和は口を閉じた。

「夕食をごちそうすると言われて、君の店の穴子重をリクエストしたんだ。美味いんだと話したら、みんなそれがいいと言うから……近いのに知らない人間も多いんだな」

「そうだったんですか……ありがとうございます」

以和は光至を気にしつつも礼を言う。そこで光至がおもむろに間に入った。

「推理作家の牧原先生ですね？　アナウンス室の日高です。お世話になっております」

ようやく牧田は光至に視線を移し、大きな声で嬉しそうに返す。

「……ああ、日高アナウンサーでしたか！　どこかでお見かけした顔だなと思ったんですが、すぐにはわかりませんでした」

わざとらしかったが、慣れているとばかりに光至はうなずいた。

「『ニュース・オデッセイ』、毎晩観ていますよ」

「恐れ入ります。私も先生のお話は以和からよく伺っております」

めったに笑わない光至が微笑んだ。クールな美貌が際立《きわだ》つ。

「僕もいろいろ……伺ってますよ。幼なじみなんだそうですね」

牧田も破顔一笑《はがんいっしょう》した。作家業という裏方だけでは惜しい美丈夫っぷりである。女性なら「美男対決！」と喜ぶところだろうが、ふたりの間に流れる妙な緊張感に以和の笑顔だけがやや引きつり気味だった。

「ええ、かれこれ二十年のつきあいになります」

「腐れ縁……というヤツかな？」

「さあ……運命という表現のほうが適切かもしれません」

いたたまれずに以和が口を開きかけたそのとき、先ほどの女性スタッフがやってきて牧田に「お食事の準備が整いました」と告げた。

「あの、じゃあ、俺はこれで……」

逃げるなら今しかない。以和は牧田に頭を下げ、光至に目配せして背中を向けた。そこへ牧田の声が当たった。

「以和くん、例の約束、覚えておいてくれよ」

思わず振り返る。牧田の笑顔と光至の冷たい視線が一度に目に入ってきて、以和は硬直した。

「は……はい」

ぎこちなく歩を進め、ちょうど開いたエレベーターに乗り込んだ。扉が閉まるやいなや、はーっと息をつく。背中がじっとりと濡れていた。


「約束——ああ、甥御《おいご》さんと運動でもするんですか？」

以和の姿がエレベーターに消えたところで、光至は牧田に尋ねた。初対面だが、光至は即座に自分の勘――目の前にいる美男作家が以和を誘惑しようとしている、という憶測《おくそく》が正しいことを悟ったのだ。同時に、自分と以和の関係を見抜かれていることも。

あのボケ、と光至は心の中で悪態をつく。何が気のせいだ、こんなにわかりやすい誘惑と挑発に気づかないとは。だが、俺もちょっと甘かったなと光至は反省する。以和が隙だらけなのは今に始まったことではないが、相手がここまで執着を見せるとは思わなかったのだ。しかも、年齢、収入、社会的なパワーバランス――と、牧田のほうが圧倒的に上だ。

「いや、ふたりきりでいろいろと……ね。相談があるようだから」

牧田は腕を組み、壁にもたれて光至を値踏みするかのように眺める。余裕の表情だ。

「相談？」

「愚痴《ぐち》を聞いてやる、というほうが正しいかな。幼なじみから恋人に昇格した彼女の束縛がひどくて、息が詰まりそうだとこぼしていたんでね。あんな好青年が……気の毒に」

光至は眼鏡の位置を直し、牧田を真っ向から見つめた。

「あいつは頼まれたらイヤと言えない男なんです。しかし、いざとなれば他人に頼らずに自分で片をつけるぐらいの度量はある。甘く見ると後悔されますよ」

「なるほど……よく知ってるわけだ」

「幼なじみですから」

「何でも知っている、という思い込みが命取りになる場合も多い」

「新作のトリックですか？」

喉《のど》を鳴らして皮肉めいた笑い声を漏らすと、牧田は光至の前に進み出た。

「……僕はまだ迷っているんだ。作品のドラマ化権をこの局に譲るかどうか、ね。会長も社長も土下座せんばかりの勢いだが、自社の若手アナウンサーの失礼な物言いで気持ちを変えても、僕に不利なことはひとつもない。君はどう思う……日高くん？」

光至は驚いた。それを脅《おど》しに使われるとは思ってもみなかったからだ。

牧原作品のドラマ化で東テレにどれほどの金が舞い込むのか、光至には見当もつかなかった。二次使用やＤＶＤ販売の売り上げまで考えればかなりの額になることは想像できるが、私情――しかも横恋慕を仕事場に持ち込まれるのはいい迷惑である。「日高光至が気に入らないから」という理由でドラマ化を断れば、牧田自身もわがままで気難しい作家という烙印《らくいん》を押されかねない。それを承知の上で行動に出られたら、光至は勝てない。さすがにクビにはならないだろうが、始末書ものだろう。減俸ものかもしれない。あるいは支局への左遷《させん》もあり得る。

だが、それがなんだと言うのだろう。光至は表情を変えずに牧田を見据えた。

退職し、フリーになるという道がある。それが不可能でも、どうにか食っていけるだろう。以和が辞めることに同意してくれれば、未練も何もなく去れる。何を失っても構わない。怖いものなど何もない。以和さえいればいい。

ついでに言うなら——と光至はひとりごちる。あいつをいじめたり、泣かせたりしていいのは俺だけなんだよ、牧原先生。命がけであいつを守る根性もないくせに、四の五の言われてたまるか。

二十年越しの純愛を舐めるな。

「ドラマ化の件と私の幼なじみがどう関係するんでしょう？　あまりミステリーを読みませんので、よくわかりません」

何か言おうとする牧田を遮り、光至は鳴ってもいない携帯電話をズボンのポケットから取り出して掲げた。

「申し訳ありません。報道フロアからの呼び出しですので、失礼します。ドラマ、楽しみにしております」

風を切るように光至はその場をあとにした。帰ったらもう一度、以和をシメなければ……と思いながら。

＊＊＊＊＊

東京中央テレビから『太子屋』に戻ってきた以和を待っていたのは、ちょっとした騒ぎだった。店の暖簾《のれん》が下ろされ、〈準備中〉の札が出ていたので不審に思いながら戸を引くと、姉の聖子《しょうこ》が叫んだ。

「遅い！」

「え？」

「いつまで油売ってんのよ、このバカ！　何度も携帯にかけてるのに出やしないし……」

鬼の形相《ぎょうそう》の聖子に詰め寄られ、以和は思わず後ずさる。

「だって、仕事中は電源切っとけって父ちゃんに言われてるし……何かあったの？」

「その父ちゃんが倒れたのよ」

以和は生まれて初めて「頭の中が真っ白になる」という現象を体験した。続けて病院で泣き崩れる母、葬儀、霊柩車《れいきゅうしゃ》……という映像がぐるぐると回る。

「え？　え？」

「あんたも帰ってきやしないし、しょうがないから店を閉めたのよ。ちょうどお客さんが途切れたところだったから――」

やけに冷静な姉を前に、以和はパニックに陥りそうになった。

「どうしてそんなに落ち着いてんだよ！　お、俺も行ってくる！」

出ていこうとする以和の脛《すね》を聖子が蹴《け》った。

「待ちな！」

「いっ……！」

「あんたが行っても意味ないわよ。悪くてもせいぜい骨折だもの。ま、あたしの予想じゃ捻挫《ねんざ》だね」

「こ……骨折？　だって、倒れたって——」

聖子は首を左右に振ると、奥の座敷のあがりかまちを指差した。

「そこに足引っかけて転んで倒れたのよ。足首捻って、顔面強打して、痛《いて》え、死ぬって大騒ぎ。まったく、男は痛みと流血に弱いねえ……」

怒り気味につぶやく聖子の前で、以和はふらふらとカウンターのイスに座り込んだ。結局、母親が付き添い、バイトくんが運転する車で近くの総合病院へ連れていってる最中だという。

「なんだ、倒れたってそういう意味かよ！　紛《まぎ》らわしい言い方すんなよ！　俺はてっきり、脳梗塞《のうこうそく》とかでポックリ……」

「ポックリ行ったのはあっち」

と言うと、聖子はカウンター奥の業務用冷蔵庫を指差した。少し前から調子が悪かったので近いうちに新しいものを入れようと話していたのだが、以和が出前を届けている間に停《と》まってしまったらしい。それに気づいた母が座敷に出ていた父を呼び、慌てた父がけつまずき……というのが一連の流れだった。

「キタジマ電機さん呼んだ？」

以和は聖子に尋ねた。厨房《ちゅうぼう》機器のメンテナンスを頼んでいる業者である。

「もう来ると思うけど……この間も『そろそろ寿命だ』って話してたから、新製品のカタログも頼んでおいたわ」

「そっか……ちょうどいい機会かもな」

とっとと新品を買っておけば、親父も怪我なんかせずに済んだのに……と思ったが、今さら遅い。

「いくらぐらいするの？」

お茶を出しながら、聖子が聞いてきた。以和は眉をひそめる。

「このサイズだと百万ぐらいじゃないかな。リースや中古なら半額以下だろうけど、親父がイヤがるだろ」

「新品好きだもんね」

突然、手持ち無沙汰になってしまった以和はお茶をすすりながらぼんやりと店内を眺めた。母親と聖子が隅々まで掃除をしているおかげで薄汚れた場所はないが、以和が生まれる前に改装して以来、そのままだ。イスなどを新調した以外は何も変わっていない。清潔ではあるが、古ぼけた印象は否《いな》めない。

父親は「まずは腕を磨け」とうるさく言う。それはもっともだと以和は思うが、店をきれいにするのも大事なことだと以和は思っていた。飲食店ならなおさらである。

「金、あるのかな。こればかりは、すぐに入れてもらわなきゃマズイだろ」

つぶやく以和の隣で聖子が肩をすくめた。

「ローン組むしかないでしょ、キャッシュで百万なんて無理よ。準備してたわけでもないし。明日、M信金の鈴木さんに電話して——って、明日は日曜か……」

経営のことも、いつ代替わりするのか、以和はまだはっきりと聞いていない。客の入りや仕入れの値段は毎日のように確認しているし、物価の話などもよくするが、口を挟《はさ》もうとすると「まずは腕を磨け」に戻ってしまうのだ。

不意に、さっき東テレで見たYシャツにネクタイ姿の光至が脳裏に浮かんだ。ちゃんと仕事してんだなあと思うと、以和は急に自分が情けなくなった。冷蔵庫の寿命も父親の怪我も自分のせいではないが、何も知らない自分、何もできない自分が足を引っぱっているようで落ち込みそうになる。商店街の発展に一役買えれば——と牧田の取材を快諾したが、商店街以前に自分の足元、つまり「太子屋」をもっときちんとするべきだ。

その牧田と光至のことも気になる。局の廊下で会ったとき、ふたりの間には微妙に険悪な空気が流れていた——ような気がした。いや、気のせいだと思いたいのは厄介事《やっかいごと》を抱え込みたくない、深く考えずに流したいというずるい言い訳なのかもしれない。光至が正しいのかもしれない。

逆の立場ならば、どうか。以和は初めてそれを想像した。光至が誰かと会っていたら……しかもその誰かが、光至に好意を抱いている人間だとしたら。そこまでならまだ我慢できる。しかし、俺が嫌がっていることを知りながら、光至がその相手と何度も何度も会っていたら……。

もしかして、と以和は思う。俺、調子に乗って、いろんなことに甘えてないか？

「どうも、遅くなりましたー」

ガラガラ……と戸が開き、工具箱を手にしたキタジマ電機の担当者が顔をのぞかせた。

以和がアパートの自室に帰ったのは、日付が変わる頃だった。

冷蔵庫のメンテをしてもらっている間、両親とバイト青年が病院から戻ってきた。診断の結果は聖子の予想が当たり、父は顔面打撲と捻挫だった。全治三週間だという。腕はなんともないので包丁は握れるが、動き回ることはできない。冷蔵庫はご臨終となり、新品購入が決定したが在庫がないのと終末を挟んでいるのとで、納品は火曜になるという。仕方なく明日、あさっては臨時休業となった。

「はあ……」

ベッドに寝転がって「ニュース・オデッセイ」の録画映像をつらつら眺めていると、寝ないで待ってろよという光至の声がよみがえった。風呂に入っておかなきゃ……と身体を起こすと携帯電話が鳴った。牧田だ。一瞬迷ったが、以和は出た。

「はい」

『牧田です』

「はい、今日はありがとうございました」

『穴子重は好評だったよ』

「よかったです」

『それで、例の取材のことなんだが――』

「ええ。あの……ちょっと時間が空いたので、明日の晩でよければ伺いたいんですが」

以和はやや堅い口調で言った。

実は三十分ほど前まで、以和は店で両親、姉と今後の対策を話しあっていたのだ。父親の怪我は幸い軽傷だったが、しばらくは以和が中心となって店を回さなければならない。必要経費とはいえ、冷蔵庫の出費も痛い。シフトを変え、手伝いの人間を増やし……と相談している合い間に、〈準備中〉の札を不思議に思ったご近所さんや常連さんが顔を出し、何かあったのかと声をかけてきてくれた。事情を話すと夕飯のおかずや売り物などの気取らない、だが、心のこもった差し入れが次から次へともらたされたのだ。

大切にしなければならないのは常連さんだ、近くにいる人間だ、と父親は口が酸っぱくなるほど以和に言っていた。以和は今日ほどその意味を痛感したことはなかった。自分を育ててくれたのは血のつながった家族だけではない。この商店街も家族だ——ありがたいと感謝し、やはり牧田の取材は請《う》けようと思い直したのである。

光至の気持ちを考えれば断るべきかもしれないが、約束は約束だ。琢己と友達でいたいし、地元の力にもなりたい。だから取材には協力する。しかし、あくまでも仕事の取材だけだ。距離を取って、これ以上親しくはならない。

『僕としては、早いほどありがたいが……店は大丈夫なの？』

「ええ」

時間を決め、以和は電話を切った。

それから風呂に浸《つ》かり、ちょうど出たところでドアをノックする音が響いた。光至だった。

「おかえり」

タオルを肩に引っかけたまま、以和は光至を出迎える。光至はただいまも言わず、以和をじっと見つめた。

「……？」

「以和——何かあったのか？」

「え？」

「いや、なんとなく……何か違うような気がしたから」

以和は言葉に詰まった。光至は何ひとつ、見逃さない。

「牧原先生のことか？」

「あー……それもある」

「例の約束って、何のことだ？」

光至の目つきが険しくなった。以和は慌てて説明する。

「ただの取材だよ。『ななつのこ商店街』を舞台にした話を書きたいんだって。評判になれば、いいPRにもなるだろ？」

「取材……よく言うぜ」

光至は吐き捨てるように言った。

「あいつは明らかにお前を——」

「わかってる。大丈夫だ。酒は飲まないし、隙も見せない。話が済んだら、すぐに帰ってくる。光至を裏切るようなことは絶対にしない」

「お前は……どうしてそう甘いんだ。あの男は『はい、そうですか』と引き下がるような男じゃないぞ！　お前にその気がなくたって、あの手この手でどうにかしようとするに決まってるんだ」

以和は真剣な顔つきで、激昂する光至を見つめる。

「俺のことで、何か言われたのか？」

光至は口を開きかけたが、こらえるように閉じてしまった。

「……光至？」

「――わかった。ただ、これだけは言っておく。お前を惑わそうとして俺の話を持ち出してきても、口車に乗るな。それでもどうしても迷ったら――俺を信じろ」

「うん……わかった」

「それもある――ってことは、他に何かあったのか？」

「ああ、ちょっと店で……」

そこで以和はベッドに座るよう光至を促し、父親のこと、冷蔵庫のことなどを話した。

「局で話してる間に、そんなことになってたのか……」

光至は聞き終えると静かに言った。

「捻挫ぐらいで済んでよかったな」

「うん」

「大丈夫か？」

以和は笑ってうなずく。

「動けない分、口うるさくてかなわないって母ちゃんがもううんざりしてた」

「おじさんじゃなくて、お前のことだ」

「え……」

なんだよ、と以和はうつむいた。こういうときだけめちゃくちゃ優しいなんて……反則だろ。やせがまんと空元気で対抗するしかねえじゃん。

「ど……どうってことないって。まだ先だけど、俺はいずれあの店継いでやってかなきゃならねえんだから……いい予行演習になるってもんよ！　父ちゃんに実力を見せつけるいい機会だしな。それに――」

お前もいてくれるし……という言葉は、なぜか以和の喉《のど》に引っかかって出なかった。代わりに、光至の瞳をじっと見つめる。局内で感じたときめきが胸に宿る。それが伝わったのか、光至が肩を近づけてきた。

キス、される――以和は顔を傾け、光至の唇を待った。鼻が擦れ、吐息が重なる。

「ふ……」

まるで初めてのキスのように首筋に細《こま》かな震えが走った。何度も抱きあったのに、なぜ今になってこれほど甘い鼓動と快《こころよ》い緊張に捕らわれるのか、以和にはわからなかった。

「風呂……使うか？」

唇が離れたところで、以和はさりげなく尋ねた。

以和からセックスを誘うことはめったにない。その間も与えず、光至が求めてくるからだ。息が詰まるほどの激しさと要求に、喜びながらも稀《まれ》に拒んでしまう。もちろん本心ではないが。だが、今夜は違う。今夜は――。

「いや、今夜は帰る」

「え……帰る？　明日は休みだろ？」

「明日も朝から出勤なんだ。『～オデッセイ』の特番の収録がある。昨日も遅くて、あまり休めなかったしな」

光至は腰を上げ、以和を見下ろした。以和も慌てて立ち上がる。

「あの……殴ったこと、まだ怒ってるのか？」

「そうじゃない。ただ、お前も今日はいろいろあっただろう？」

「それはそうだけど……」

「たまにはゆっくり眠らせてやるよ」

その気になってるときに限って、どうして……と悪態をつきたくなった。俺達、本当は、相性悪かったりして。

「うん……サンキュー」

光至は微笑み、再度牧田への注意を促して帰っていった。以和は取り残されたような寂しさの中、光至が消えたドアをぼんやりと眺めていた。

5

「ああ、以和」

日曜の午前十時過ぎ、以和が「太子屋」の奥にある実家の勝手口ドアを開けると、母親が掃除をしていた。

「あんた、ごはんは？」

「食った。親父は？」

「店」

「え？　何やってんの？」

「昨日の残りの穴子、調理してるわ。ご近所さんに配るんだって」

なるほど、と以和はうなずく。明日も店は開けられないし、放っておいたところで捨てるしかない。

「じゃ、俺も手伝いに――」

「あ、待って。今朝、光《こう》ちゃんが寄ってね、父ちゃんにお見舞い置いてってくれたのよ」

「光至が?」

「それと、お前に渡してほしいものがあるって預かってるんだけど……」

仏間にあるからと言われて行ってみると、テーブルの上に紙袋があった。日高家からもらったという「パ・ド・ドゥ」の焼き菓子詰め合わせと見舞金の封筒は、仏前に供《そな》えられている。以和は線香をあげてから、「赤江以和様」と書かれた紙袋を手にした。

「え……?」

中から出てきたのは光至名義の銀行の通帳と印鑑だった。メモも手紙もない。迷った末、以和は通帳を開いた。残高として記されていた数字は約千五百万。以和は頭をぶん殴られたようなショックを受けた。

ワイドショー、プライムタイムのニュース番組……と異例の抜擢とはいえ、光至はサラリーマンだ。同年齢の男の中でもかなりの高給取りだろうが、自分と同じ若造だ。実家暮らしとはいえ、これだけの金を貯められるものか?

以和は力なく、その場に座り込んだ。自分の口座にはこの五分の一の貯金もない。同じ歳でありながら、いつまで経っても子どもっぽい自分が情けない。

だが、己を責める気持ちはすぐに光至への尊敬、賞賛に取って替わった。プライドを傷つけられた、余計なことをするなという怒りより、光至の優しさが身に染みてくる。

(こいつと一緒なら、ずっと楽しい。何があっても、きっとこいつが俺を守ってくれる。

だから、こいつの言うことなら何でも聞く、言うとおりにする——そう決めたんだ）

鼻の奥がツーンと痛くなった。

愛情は金品では表せない。しかし、ここには光至の想いの深さが詰まっている。社会人になってからの給料やボーナスだけではなく、幼い頃からコツコツと貯めていた金も含まれているに違いない。昨夜、抱こうとしなかったのも店のこと、金のことを心底気にかけてくれたからだろう。

いつもそうだ、と以和は思う。俺以上に俺のことをわかっている。俺自身が気づかない不安や痛みごと抱きしめてくれる。

「バーカ。守ってくれてんのは、お前のほうだろうがよ……」

以和は通帳の名前に向かってぶっきらぼうにつぶやくと、仏間を出た。

それから夜まで働き、調理した穴子数人前を持って店を出た。光至の分と通帳、印鑑をアパートに置き、光至の実家である「パ・ド・ドゥ」へ行く。見舞いの礼を言って光至の母親に穴子を渡し、残った分を持って牧田のマンションへ向かった。

「こんばんは」

約束どおり、以和は午後八時きっかりに牧田の部屋を訪ねた。

「やあ、いらっしゃい。待ってたよ」

部屋の主は相変わらずハンサムな笑みを浮かべて以和を迎えた。

「あの、これ……少しなんですけど」

穴子を差し出すと、牧田は嬉しそうに受け取って中へ促す。以和も笑みを返して靴を脱いだが、心にはしっかりとカギをかけていた。

「そういえば昼間、店の前を通りかかったんだが、営業してなかったね。時間が空いたっていうのは、そのこと？」

「ええ、親父が捻挫しちまって……」

説明しつつ、酔い潰れて眠ってしまったソファに慎重に座る。気を抜かないように、隙を見せないように……と何度も言い聞かせながら。

「それは大変だね。僕に何かできることがあれば言ってくれ。協力は惜しまない。君は……大事な友人だから」

「ありがとうございます。大丈夫です」

「食事は？」

「食ってきました」

「じゃあ、酒でも――」

「あ、結構です。今日は仕事の手伝いにきただけなんで、終わったらすぐに帰ります」

牧田の顔に戸惑いが浮かぶ。

「どうしたの？　そんなに堅くならなくても……確かに仕事の一環だが、僕は君と楽しい時間を過ごしたいんだ。アルコールが入ったほうが面白い話を聞けるとも思うしね」

「それはまあ……でも、この間みたいに甘えて調子に乗っちゃマズいなあと」

「誰かに釘を刺されたのかな？」

向かいではなく、隣に腰を下ろされて以和は少し緊張する。牧田は笑っていたが、視線で心を探られているような感じがした。

「幼なじみの彼氏に『あの作家は危ないから関わるな、頻繁《ひんぱん》に会うな、お前のことを狙ってるから、ふたりきりで会うな』って注意されたとか？」

たたみかけるように言われ、以和は慌てて否定する。

「違います。ただ、この間は失礼だったなと思ったんです。だから今日は――」

「あの手のタイプはクールに見えて、意外に感情を溜め込みやすい。一度思い込んだら命がけで、阻害するものは何であれ、手段を選ばずに排除する。自分の野望が最優先で、他人が傷つこうがおかまいなしだ」

カッとなって、以和は立ち上がった。

「光至はそんなヤツじゃない！」

牧田は黙って以和を見上げる。挑発に乗ってしまった――気づいたときは遅かった。

「あ……」

「幼なじみの彼氏――日高アナウンサーだね？　独占欲の強い君の恋人は」

「ち……違います」

「いいよ、ごまかさなくても。あの晩、僕は君の口からちゃんと聞いたんだ」

腕をソファの背もたれ越しに伸ばし、牧田は言った。

「首に付けたキスマーク、気づいた？」

以和はとっさに首筋へ手をやる。牧田は勝ち誇ったように笑う。これまで見せてきた親しげで温和な雰囲気は消えていた。

「それを付けたとき、君は『光至』とつぶやいた。その直後、彼からの電話で慌てて帰った。幼なじみで運命の相手……そうだろう？」

「違います！」

以和は勢いよく立ち上がった。

「これ以上、わけのわかんねえ話を続けるなら帰ります」

「それは彼のためにならないと思うよ」

手首を強く掴まれ、以和は動揺する。

「……牧田さん？」

「君が今帰ったら、ドラマ化の話は断る。日高光至の態度があまりにも無礼だったせいだと東テレの制作部や社長に話す」

「な……どうして、そんな——！」

「君を彼から奪いたいからだ」

「……え……？」

実際に牧田の口からそういう言葉が出るのを聞くとショックだった。

「僕は一目で君に恋をした」

腕を引っ張られ、体勢を崩して以和はソファに再び腰を下ろす。そこへ牧田が覆いかぶさってきた。

「や、やめてください、俺はホモじゃない！」

「だから？　君に選択権なんかないんだよ。僕は日高光至を潰す」

「そんな勝手な……卑怯じゃねえか！」

「ずいぶんな言い方だな。君次第だと譲歩してるのに」

「ずっとそういう目で見てたんですか？　俺は……いい人だって思って……」

「恋をするのはいけないことかな。相手がいようと、好きになったらどうしようもないじゃないか」

牧田はひどく楽しそうだった。その様子が以和の動揺を煽る。光至の指摘は正しかったわけだが、ここまでおかしい男だとは思ってもみなかった。

「少なくとも——日高アナは気づいていたようだよ？　君が帰った後、ずいぶんと高飛車な口の利き方でけん制してくれたよ」

「光至が……?」

牧田の声のトーンが下がる。

「難しく考える必要はない」

動揺は恐怖に変わった。身体を押さえられているわけでもないのに、以和は動けない。皮膚《ひふ》の上ではなく、内側から冷たい震えが湧き上がる。

「僕のものになってくれたら、すべて上手くいくんだから。商店街のことも、東京中央テレビのことも、君の幼なじみのことも……」

牧田の指が以和の喉、鎖骨、Tシャツの胸……と下りていく。身体は抵抗したがっていた。しかし、光至のことを考えればその衝動に従うわけにもいかない。どうすればいいんだよ――葛藤《かっとう》が声になる。

「や……めてください……」

Tシャツをまくり上げられ、手をつっ込まれた。以和は身をよじる。

「こんなに男らしい身体なのに、感じやすそうだな。心配しないで、好きなだけ泣けばいいよ……」

殴って逃げ出したい。だが、自分の何気ない一言でアナウンサーになり、今や日本中にファンを持つ光至の将来を考えれば……貯めた金をぽんと出してくれるほどの男を守るためなら、俺が我慢すれば……。

「う……」

肌を這い回る指先の感触に吐き気が込みあげてくる。初めて光至にいたぶられたときも驚いたが、これほどの嫌悪感はなかった。両手をぐっと握り、顔を背け、以和は必死にこらえる。

「僕は女の子のような少年は趣味じゃないんだ。君のように背が高く、体格がよくて、身も心もしっかり育った男のほうがいい。そういう意味では日高アナも悪くないね。君の次に手に入れて、いずれ三人で楽しむのもいい――」

そこで、以和の中の何かがぷつんと切れた。

(それでもどうしても迷ったら――俺を信じろ)

光至の声に、数分前まであった不安や動揺が、強風に散らされた雲のようにきれいに消える。以和はTシャツの中を動いている牧田の手首をむんずと掴んだ。牧田が怪訝な顔で見上げる。

「ああ、わかったよ……セックスすりゃあいいんだろ」

静かに言うと、以和は勢いよく身体を起こした。その反動を生かして牧田の手を思い切り捻る。

「っ……!」

牧田が怯んだのを見逃さず、以和は腕を掴んだままさっとソファを下りた。その手首を

今度は背中にねじ上げ、自分が横たわっていた場所に牧田の身体を思い切り押しつけた。すかさず、腹這いになった牧田の腰の上に座ってしまった。背は牧田のほうが高いが、バックを取ってしまえばこっちのものだ。

「……何を……っ……」

顔だけ後ろに向け、牧田がにらんだ。

「何を……って、セックスすんだろ？　だからお望みどおりヤってやろうって言ってんだよ……ただし、俺がアンタに突っ込むほうだ」

「え？」

「ケツの穴がゆるゆるになるまで、徹底的にかわいがってやるよ——満足だろ？」

時折、光至が見せる悪魔の微笑みを思い出し、以和は言った。光至の魂《たましい》が乗り移ったのか、我ながら恐ろしいほどに冷静だ。牧田の顔が見る間に蒼白になる。

「ま、待て、俺はそっちじゃない！」

「そっちもクソもあるか、このエロ作家！　若くて男前な三代目の俺が相手してやるっつってんだよ！　贅沢《ぜいたく》言うんじゃねえ！」

以和は怒鳴り、周囲を見回した。使えそうなものはないと判断し、仕方なく自分のベルトをジーンズから抜き取る。

「な、何を……」

以和は牧田の両手首をベルトで縛《しば》った。縛り方は、光至が自分に行った方法を参考にする。こんなところで役立つとは皮肉なものだと思う。縛り終えると、以和は牧田のふくらはぎの辺りに座り直した。それから牧田のズボンのボタンを外す。

「よ、よせ……頼む……そっちは経験ないんだ――本当だ！」

「へえ、ヴァージンですか。そりゃー楽しみだなー」

以和は棒読み口調で返し、ズボンと下着を一緒に下ろした――尻が半分見える位置まで。牧田が声にならない悲鳴を上げた。それも無視し、以和は携帯電話を手にした。そこでソファを下り、牧田の半ケツを撮影する。

「い、以和くん、何を――」

「何って、記念撮影っすよ。せっかくのヴァージン・ヒップですからね」

撮影しながら、そういやこれも光至にされたんだっけ……と羞恥の記憶がよみがえる。無意識のうちに同じ真似をしているところが情けない。でも、役に立ったぜ、と以和は心の中で光至に礼を言った。

「オジサンにしちゃ、締まっててなかなかきれいなケツですよ」

「頼むから……もうやめてくれ……」

「ああ、そうか。俺なんかを選ぶぐらいだから相手に困ってるんですね。じゃあ、この写真をネットに撒いたらどうですか？　つきあい希望の男から、わんさとメールが来るんじゃないかなあ……あの牧原先生だってわかれば、それこそ引く手あまただと……」

ブツブツ言いながら撮影を続けると、牧田が泣かんばかりの様子で謝り出した。

「わ、わかった、俺が悪かった！　さっき言ったことはすべて撤回する！」

以和は携帯の電源を切り、牧田のそばにしゃがみ込んだ。

「約束してくれますか？」

ふざけた口調は止《や》め、静かに尋ねた。牧田は何度もうなずいている。

「誓約書を書いてもいい」

「光至のために我慢しようかと思ったけど……俺に何かあったら、光至はためらうことなく先生を殺しますよ」

以和の言葉に、牧田は息を飲んだ。さもありなん、と思ったらしい。

「でも、俺は光至を犯罪者にしたくない。琢己のことも好きだし、これからも友達でいたい。写真はずっと持ってますから――こんなこと、二度としないでください」

「……わ、わかった。だから、これを解いてくれ」

「やなこった」

舌を出すと、以和は立ち上がって背中を向けた。それほどきつくはないし、複雑な結び方もしていないので、ちょっと動けば緩んで外れるはずだ。

「い、以和くん……ちょっと……」

牧田は何やら騒いでいたが聞こえないフリをし、「ドラマ、楽しみにしてますね」と言い残してドアを出た。

そこからしばらく、以和は異様な興奮状態で歩いていたが、携帯電話の着信音に足を止めた。メールだ。画面に現れた「光至」という文字を見た瞬間、腰から力が抜けた。

「……はー……」

ふにゃふにゃ……という感じで、どこかの家の壁にもたれかかる。メールは「これから帰る」という簡潔なものだった。以和は「待ってる」と返した。

五分後、部屋に戻ったものの、中でじっとしている気になれずに以和は外へ出た。アパートの外階段に腰を下ろし、光至の帰りを待つことにする。

秋の夜空に輝く月を眺めながら、以和は考える。さっき、自分は牧田をねじ伏せた。ということは、光至に襲われたときもその気になれば抵抗できたはずだ、と。本気で暴れれば、きっと今夜のように逃れられただろう。

でも、俺はそうしなかった。光至が嘘をつくような男じゃないとわかっていたからだ。驚きもしたし、腹も立ったが、牧田に抱《いだ》いたような嫌悪感《けんおかん》は生まれなかった。

結局のところ、と以和は思う。それがすべての答えなのかもしれない。

足音が聞こえた。闇の中、スーツ姿の男が近づいてくる。

「……以和？」

「よ、おかえり」

以和は座ったまま言った。

「何してるんだ、こんなところで……」

「お前が帰ってくるのを待ってたんだ。月もきれいだし……たまにはいいだろ」

空を見上げて優しげに微笑むと、光至は以和の隣に腰を下ろした。

触れあいそうな肩先に以和の胸はときめく。あまりにそばにいすぎて、デートなんかしたこともなかった。

「取材は？」

気になっていたのだろう、光至が短く尋ねた。

「ああ……それ、ナシになった」

「会わなかったってことか？」

「いや、会ったたけど……」

どう説明すればいいか困り、以和は顔の前で手を動かした。光至の視線が止まる。

「おい、その手首……」

「え？」

見ると、爪痕《つめあと》がくっきり残っていた。薄皮が破れ、血が滲んでいる箇所もある。やり返すのに必死で気がつかなかったのだ。

「また、何か……されたのか？」

光至の顔色が変わる。隠すつもりはなかったので以和は言った。

「襲われそうになった」

「あ……の野郎――！」

「光至、待ってくれ。大丈夫だ、ちゃんとシメてやったから」

立ち上がろうとする光至の胸を押しとどめ、以和は傷跡をペロリと舐めた。

「もう絶対におかしなことはしてこない。俺だけじゃなくて、お前にも手は出さねえよ」

「お前にも、って……やっぱりあいつ、俺を脅しの材料にしたのか！」

落ち着かせるべく、以和は光至の手を握りしめる。

「ああ。でも、お前が口車に乗るなって言ってくれたから平気だった」

それから、以和は牧田の部屋での出来事を説明した。だが、身を任せそうになったことは黙っておいた。光至を焚《た》きつけたくなかったからだ。写真の件も、携帯と自分の胸の中だけに収めておこうと決めたのだ。

「ごめんな。俺、本当にうかつで……甘かったと思う」

「お前のせいじゃない。俺のことまで持ち出してくるとは思わなかったから……俺も甘かった」

光至は地面に視線を落とした。うつむく横顔に苛立ちと忸怩《じくじ》たる思いが映る。何もなかったと何十回言ったところで、光至の脳裏から後悔の念を払拭《ふっしょく》するのは難しそうだった。

「……牧田に何をされようが、俺は痛くも痒《かゆ》くもないんだ。東テレでなくても、アナウンサーの仕事ができるならどこでもいい。実際、フリーアナとして引き抜きの声もかかってるしな」

「え……?」

「だから、あえてお前には言わなかったんだが……言っておくべきだったな」

ここで光至は再び以和に向き直り、頭を下げた。

「悪かった。そのせいでお前を……」

「よせよ……お前に謝られるなんて、調子が狂う。それより、東テレ辞める気なのか?」

「アナウンサーに向いてると言ったのはお前だ。でも、局までは指定してない。それに、お前を失ってまで優先するものなんか、俺にはない」

光至の言葉が以和の胸に突き刺さる。

光至はいつも以和を信じ、そのとおりに生きてきた。主体性がないと人は言うかもしれない。でも、と以和は思う。これほど強く、男らしい男を俺は見たことがない。

「もう……お前ってどうしてそうなんだよ……」

以和は目を閉じ、光至の肩にもたれかかった。

「以和……」

「通帳のことだって……あんな大金……」

「余計だとは思ったが、先立つものが必要な場合もあるからな」

「わかってる。わかってるけど……カッコいいを通り越して、バカだぞ……俺なんかのために……」

以和はこらえ切れず、光至の腕にしがみついた。涙がスーツの生地に吸い込まれる。

友達と恋人の距離感が掴めない、独占欲が強すぎる、抱かれる側ばかりはイヤだ——どれもこれも、どうでもいいことじゃないか。俺はなんて小さい男なんだ。

「俺……全部がいい」

以和はつぶやいた。

「全部？」

「幼なじみも親友も、腐れ縁もケンカ仲間も恋人も……全部、お前がいい。お前だけでいい——それだけで……」

それだけで、俺も強くなれる。

「お前はバカだから教えてやる……」

光至は腕を背中に回し、以和の頭を抱き寄せてくれた。

「そういうのを『愛してる』っていうんだよ」

「じゃ……愛してる……」

「待て、それ以上はここで言うな。この場でお前を襲いかねない。言うならベッドにしろ……」

甘い声で囁くと、光至は以和を促して立ち上がった。

階段を上がって部屋に入るやいなや、以和は気持ちを抑え切れずに光至に抱きついた。

「以……」

唇を奪い、むさぼるようなキスをくり返す。自分からこんなふうに求めるのは初めてのことだった。

(俺が毎晩ここに来るのは、セックスしたいからじゃない。お前を抱きたいからここへ来るんだ)

今なら、光至の言葉が痛いほどわかる。

「……お前がほしい」

玄関脇の壁に身体を押しつけ、顎の辺りを吸いながら訴える。光至の匂いがする……頭がぼーっとし、抱きあうこと以外、以和には何も考えられなかった。

「いいぜ……抱かせてやるよ」

以和の背中に回した両手を腰まで撫で下ろし、光至はうなずいた。

「え？」

「お前が本気で求めてくれたら、そう言うつもりだった」

「光至……」

ああ、と以和はため息をついた。

こいつには敵わない。すべてにおいて敵わない。でも、それでいい。

「……いや、やめとくわ。まだいい。俺には……まだ早い」

光至を抱きしめ、以和は言った。

「あと二十年ばかり、修業積んでからにする。その頃にはうんざりするぐらい、日高光至一筋の男になってるから」

「以和……」

以和は顔を上げ、光至を見つめる。

「教えてくれよ……」

光至は積極的な以和に驚いたようだが、すぐにいつもの艶《つや》っぽい表情を浮かべた。

「容赦しないぜ?」

以和はうなずき、再び光至にむしゃぶりついた。舌を絡めながらベッドに光至を押し倒した。胴に馬乗りになって夢中でスーツの上着を脱がす。それから自分のTシャツを脱ぎ、光至に覆い被さった。光至はというと以和の身体を受け止め、じっとしている。

「光至、好きだ……」

鼻、頬、耳……と唇を押し当てながら言った。

「もっと言え――」

低い声が、感動にかすかに震えているように以和には思えた。それに煽られ、光至のズボンを脱がす。

「……愛してる」

「何をすればいいか……わかってるな?」

長い指で髪をまさぐられ、以和は素直にうなずいた。光至の下腹部に屈《かが》み込み、ボクサーショーツの前を見つめる。そこはすでに猛《たけ》り、くっきりと形を布の上に浮き立たせていた。そっと指で触れると熱く脈打つのがわかった。

「すげ……硬い……」

以和はうわ言のようにつぶやき、フォルムを確かめるように指で何度もなぞる。やがてそれだけでは物足りなくなり、以和は先端部分を布ごと吸った。

「……」

甘い吐息にそっと視線を上げると、光至は青いピンストライプのYシャツとネクタイを付けたまま、以和を見下ろしている。その姿はひどくセクシーで、以和は身震いした。我慢できず、ボクサーショーツに手をかける。

現れた分身は雄々しく天を仰ぎ、かすかに濡れていた。唾液のせいではないことに気づき、以和の胸はますます高鳴る。勃起した光至のそれは何度も見ていたし、もちろん触れ

たこともあるが、こんなに愛《いと》しく感じたことはない。光至が夢中で舐めてくれる気持ちが、今なら分かる。

「上、脱がないでいいのか？」

長い指でネクタイをつまみ、光至が尋ねた。以和は首を左右に振る。

「いや、そのままのほうがいい。お前、似合うし……俺はスーツやネクタイに縁がないから……」

「コスプレか」

光至は両腕を枕代わりに後頭部の下に差し入れ、まるでモデルか俳優のように余裕の笑みを見せる。以和は光至のモノを握りしめ、先端を舐めた。抵抗感はまったくない。

「……どう？」

以和は聞いた。自分なら、これだけでイきそうになってしまう。しかし、光至はこともなげに言った。

「いまいち」

「え……」

覚悟はしていたが、ショックだった。以和のテンションは一気に下がり、張りつめていたムスコもへこみそうになる。

光至は笑った。

「初めてなんだ、上手くなくて当たり前だろう。上手かったら、どっかで浮気でもしてたんじゃないかと疑うところだ」

「そりゃまあ……」

「俺がどんなふうにしてるか、思い出してみればいい。どこをどうされたら感じるか……さんざんしてやっただろう？」

「う、うん……」

　以和は光至の舌技を思い浮かべ、唇を開いてまた光至のモノを受け入れる。だが、どうすればいいのか、やはりわからなかった。いつもめくるめく快感に酔い痴《し》れてしまい、細かい部分まで記憶にないのだ。

「ごめん、俺……あんま覚えてないや」

　茎をしっかり握ったまま、以和は正直に告白した。

「しょうがない奴だな……」

　光至は笑みを浮かべ、ブルース・リーよろしく手招きする。

「下脱いで、俺の顔にまたがれ」

「え……って、シックスナイン？」

　淫らな誘いに、以和は真っ赤になった。

「イヤか？」

「……や、やります」

以和は首を左右に振り、服を脱ぎ捨てる。その間、光至はローションとコンドームを用意し、眼鏡を外していた。

「いいか？　自分のを舐めてる気になりゃいいんだよ――」

言われたとおり跨がると、光至はむんずと以和の分身を掴んだ。と思うとためらうことなく亀頭を口に含む。同時に指で根元から扱《しご》かれ、以和は声を漏らす。

「う、あ……」

このスタイルだけでも興奮ものなのに、裏返しの状態で舌や指で愛撫され、以和は胴を震わせた。快感に膝から力が抜け、そのまま腰を下ろしてしまいそうになる。

「……おい、お前もやれよ」

「あ、うん」

厳しい声に、以和は顔を下ろした。まとわりつく光至の舌の動きをトレースする。今、ここを強く吸ってる……今度はこっちを細かく舐めて、指も動かして――。

「――あ、あぁっ……や、だ――そこ……」

以和は光至の分身から唇を離し、腰を揺らした。感じすぎて、フェラに集中できないのだ。だが、光至は動きを止めない。仕方なく以和も必死に再び舐めたり、咥《くわ》えたり……をくり返す。

唇の端から喘ぎ声を漏らしつつ専念するうち、光至のモノが脈打った。先端から先走りの液があふれ出す。

「……光至……どう……？」

くびれの辺りを扱きながら以和は尋ねた。心なしか、大きくなっている気がする。

「ああ、いいぜ……上手くなってきた」

光至が感じてる――以和は嬉しくなり、夢中で愛撫《あいぶ》を施《ほどこ》した。脳に桃色の霞《もや》がかかり、このままずっと舐めていたいと思い始めたとき、光至の指が孔の上を掠《かす》めた。

「……ッ、あ……！」

普段は隠されているそこをさらけ出していることを思い出し、以和の全身は羞恥に包まれた。しかも、フェラチオと同時ではこらえようがない。光至の豊かな叢《くさむら》に顔を埋めるようにうつむき、以和は腰をくねらせた。

「こ、光至、両方は無理……だ……っ」

ローションをまぶした指が挿入されると、愉悦のゲージは跳《は》ね上がる。

「く……っ――あ、ダメ……」

指を孔に出し入れしながら、もう片方の指で乱暴にモノを扱かれてはどうしようもない。

「もう、出る……出る……ッ……！」

光至のひんやりとした内腿に顔を押しつけ、待ち受ける淫らな舌に以和は精液をぶちまけた。

「……悪い、俺……」

最後の一滴まで丁寧に舐め取ってくれた光至に、以和は顔だけ動かして謝る。

「あの、俺も最後まで――」

「当然だ。ただし、最初の体勢でな」

光至はしれっと言い放ち、以和の尻を叩いた。

「咥えてるお前の顔を見ながら、出したい」

「わ、わかった……」

以和は光至の脚の間に座り直し、顔を埋める。

「……ん……」

亀頭の裏側に舌を押し当てると、光至が呻《うめ》いた。そこが感じやすいのは以和も同じだった。舌を左右に素早く動かして舐めると、光至の指がシーツを掴むのが見えた。視線だけ上に移すと、愛おしげに見つめている光至と目が合う。なんだか恥ずかしくなり、以和はまつげを伏せて集中した。イかせてもらったのとレクチャーのおかげで、さっきよりは落ち着いて専念することができた。

数分後、露《つゆ》の量が増えてきたところで以和は唇を離した。

「イきそう?」

「ああ。飲めるか？」

「……がんばってみる」

くすっと笑うと、光至は「一気に飲むな」と教えてくれた。

「強く吸いながら、とりあえず口の中に溜めろ。出切ってから、少しずつ飲むといい」

以和はうなずき、自分を待ち望んでいるかのように濡れて光っている亀頭を頬張った。根元から強く扱き上げながら、指示どおりに思い切り吸う。顎は疲れ、舌は痛んだが、光至を悦ばせることしか頭になかった。

「……出る」

一分も経たないうちに光至が短く言った。手のひらと舌に震動が伝わり、以和は射精を実感する。だが、出たと思った瞬間、以和は思い切りむせていた。口に含む角度が悪かったのか、第一弾が喉を直撃したのだ。

「……う、あ……」

亀頭を口から出した顔に第二弾、第三弾が勢いよくかかった。咳き込みながらも指だけは分身から離さず、以和は懸命に扱いた。

「……もういい」

恍惚《こうこつ》の響きを滲ませた声に、以和はようやく手を離した。そばにあったティッシュの箱から数枚抜き取り、顔を拭う。

「悪い、失敗した」

「いや、上出来だ。一度に両方味わえたしな」

光至はしみじみつぶやいた。

「両方？」

「口と顔」

「ああ……」

うなずき、舌に残る光至の精液の味を確かめる。いまだかつて味わったことのない味だった。美味いとは思えなかったが、そのうち慣れる……ぐらいは言える気がした。

「以和……来い」

光至に呼ばれ、以和は身体を寄せる。ネクタイとYシャツを着たままの光至は両手で以和の頬を包むと、己の体液を受け入れた唇を労《いた》わるようにキスをしてくれた。

「ふ……」

奉仕を続けたせいか、唇までも感じやすくなっているらしい。甘い唾液があふれる。

「今日は……終わりにするか？」

以和のほうから聞いていた。光至がノーと言わないことは百も承知だった。

「……誘ってるのか？　たった一日で、ずいぶんと変わったもんだ」

「わ、悪いかよ」

熱くなってくる首筋を感じつつ、光至のネクタイを緩める。

「いや……待った甲斐があったってもんだ」

光至はまぶしそうに目を細めて以和を見つめ、枕元のコンドームを差し出した。以和は受け取り、射精前と変わらぬ姿を維持している光至の男根に被せようとする。

「お前、ほんとタフだなあ……」

しみじみつぶやく以和のその手を押さえ、光至は再び尋ねる。

「本当にいいのか？　俺は……構わないんだぜ？」

挿入したいのなら、ゴムをお前自身に使えと言っているのだ。以和は首を横に振り、光至のモノに丁寧に装着した。

「もういいんだ、その話は。好きなら、どっちがどっちでも関係ないって思ったし……大事なのはこうやって一緒にいて、一緒にイイ気持ちになることだろ？」

「まあ、そうだが……」

光至はちょっと考え、口を開いた。

「お前が言ってるのが『セックスの上でのリード』って意味なら、入れられるほうが主導権を握るスタイルもあるぞ。騎乗位とかな」

「騎乗位……って、俺が上で動くってこと？」

「試してみるか？　どうせいずれやってみるつもりだったんだ」

上手くできるのか？　感じ方も違うのだろうか……想像していると、分身が硬くなってきた。それをぎゅっと握りしめ、光至が意地悪く笑う。

「あ、触んなって……」

「ここは試したがってるぞ」

「でも――」

「後ろ……ほら、早く――」

促され、以和はまた犬の格好になって腰を光至のほうへ突き出した。ローションをまぶした指で、もう一度孔を念入りに解してもらう。

挿入の準備が整ったところで、再び光至が仰《あお》向《む》けに横たわった。コンドームを被せた光至の分身に手を添え、以和は腰を下ろした。

「ん……」

息を吐き、ゆっくりと飲み込んでいく。自ら受け入れていくという行為もさることながら、中が少しずつ擦れるのもたまらなかった。

「……あ……あ……っ……！」

完全に腰を下ろしたところで、以和は胴震いした。奥深い部分まで光至のモノが刺さり、満たされている。

「……どうだ？」

以和はじっとしていた。

「……光至……」

「うん？」

「う……動けん」

少しでも動いたら、崩れ落ちそうなほどの快楽の予感があった。同時に、光至の硬いモノで腸を突き破られてしまうのではないかという妙な恐怖も。

「大丈夫だ、動いてみろ。死にゃしない」

光至は両手を伸ばし、以和の指を握った。

「ほら」

覚悟を決め、以和はそろそろと腰を浮かす。たちまち甘酸っぱい愉悦が中に生まれ、歯を食いしばる。

「は……」

俺はこんなに敏感だったろうか、と以和は驚く。確かに中への刺激でイけるようにはなったが、受け入れただけでここまで感じたことはない。しかも、さっき一度出しているのに……体位のせいだろうか。

今日は初めて尽くしだ、と思う。光至への想いも欲望もフェラチオも——いや、そのせいで敏感になっているのだろうか。

「……あ……あ、あ……」

「どうだ？　いいか？」

「ん……」

自分が動くことによって、じわじわと内壁を擦られる感覚がたまらなかった。腸が破れることもなさそうだ。だが、それでもやはり、ゆったりとしたリズムでしか動けない。

「以和、もう少し早く……」

「無理」

「どうして？　気持ちイイんだろう？」

「そんなこと言ったって……初めてなんだからしょうがないだろ」

「……わかった、じっとしてろ」

業《ごう》を煮やしたのか、光至は繋《つな》がったまま半身を起こした。体位が騎乗位から対面座位に変わる。首に腕を回すよう指示され、以和は言われたとおりにした。だが——。

「こ、光至……」

これはこれでかなり恥ずかしい。まるであやされている子どものようだ。

「俺が下から突き上げるから、お前はそれに合わせたり、前後に動いたりしろ」

「前後？」

首を傾げると、光至は以和の腰骨を両手で支えて前後に揺さぶった。

そう言い放つと手を離し、光至は下から揺さぶるように動き始めた。

「俺は上下運動しかできないからな」

「ああ、あ……っ……！」

「こうだよ」

「ひ……」

角度を調節して前立腺を探し当てられ、以和はのけぞった。引き抜かれる際にカリで引っ掻かれ、再び突き刺さる際には思い切り圧迫され、中はどんどん熱くなっていく。溶けたローションがじゅくっとあふれ出した。

「あ、そこ……そこ、ダメだ……そこ……ッ――！」

俺、濡れてるみたいじゃん――そう思うと、羞恥で以和の感度がさらに上がった。

「光至……俺、ヤバい――あっ、あ、ああ……」

「ヤバいって、何が……？」

意地悪く問いかけ、光至は円を描くように動きを変える。

「お前の、太くて、擦れて……」

以和は声を放った。悶《もだ》えるほどの悦びから逃れようと身体をよじったり、伸ばしたりをくり返す。

「好きだ……」

リズムに合わせ、あふれ出る悦びと共に光至に想いを伝える。言わずにはいられなかったのだ。そして、好きと言うたびに悦びが増していくことにようやく気づいた。

「以和、動けるじゃないか」

光至は薄く笑うと、その唇で以和の乳首を捉えた。

「あ、よせ——ああ、あ、あ……それ、やだ……」

「嘘つくな。イイんだろ?」

ジン……と微電流が乳首から下腹部へと走り、以和は首を振った——左右ではなく、上下に。

「いい……でも、おかしくなる、から……っ……」

「なんだ、まだおかしくなってないのか……じゃあ——」

光至は腰に回していた右手を放し、以和の分身を強く握った。

「これでいいか?」

「ア、アアア……ッ……!」

光至の指にいじられて膨れ上がったそれは、先走りの液でしとどに濡れそぼり、泣いているようだ。快感をこらえれば力が入り、中の光至自身を締めつけてしまう。そうすることでまた悦びが生まれ、前立腺を伝わり、分身はますます敏感に……と、循環《じゅんかん》するエクスタシーに以和は乱れた。

「っ……すごい、いい――気持ちいい……」

「どこが……？」

光至の声も荒くなり、動きも早くなってくる。

「ああ、全部……全部、いい……」

「ここは？」

光至は、分身をいたぶっていた手を以和の尻の間へと伸ばした。己の男根を受け入れて開き切った以和の孔を、指先でぐるり……となぞる。

「……ッ――何す……」

以和はビクビクと震え、光至のモノを思い切り締めつけた。中が痙攣《けいれん》し、むず痒《がゆ》さと甘ったるさが交ざりあった悦楽に支配される。

「もうダメだ……腰が、溶けそう――」

耐え切れず、以和はめちゃくちゃに腰を動かした。そんな以和の腰を両手で強く支え直し、光至は下から雄々しいストロークを送り込んでくる。

「あ……あ、ああっ、あ、すごい……イきそう、イってもいいか――あ、もう、イく……イく……ッ……！」

奥から前へと強烈なオルガズムの矢に貫かれ、以和は絶頂を迎えた。呼吸が止まり、頭の中が真っ白になる。それでも光至のストロークはやまない。

「や……だ――も、う……」

髪を乱し、涙を流す。そこでようやく光至の動きが止まった。断続的な腰の震えに、光至も達したのだとわかった。

「光至……」

うっすらと目を開けると、快感に歪む光至の美しい顔が映った。

「……好きだ……」

「知ってる。でも、もっと言え……」

言う代わりに以和は唇を寄せ、舌を光至のそれに絡める。汗ばむ肌を重ね、情交の余韻をたっぷりとわかちあう。

「どうだ、こういうのも悪くないだろう?」

横たわって寄り添うと、光至が聞いた。以和はうなずく。

「でも……やっぱり、俺にリードは無理っぽい」

「そういうことじゃないって言ったじゃないか」

(お前が本気で求めてくれたら、そう言うつもりだった)

「……ごめん」

「何が?」

「俺……お前とずっと一緒だったのに、知らないことだらけだ。いや、知ってたのかもしれないけど見てなかったたっていうか、見る場所や見方が違ってたっていうか——改めてわかったことが沢山ある」

光至の目を見て以和は言った。背中が広いこと、スーツが似合うこと、想像以上にキレやすいこと、優しいこと、男らしいこと——見ていたはずなのに、と。

「そういうお前を見て……惚れ直した。そういう自分の気持ちにも、改めて気づいた——って感じかな」

光至は以和の髪を撫でつつ黙って聞いていたが、静かに口を開いた。

「俺だって、知らないことが沢山あった。実際につきあうようになったらどうなるか、お前がどういう反応を示すのか、さすがにわからなかった。敏感で早いことも、セックスしてようやくわかったことだしな」

「いや、だから、イくのが早いのはさ……」

「ああ、才能だったか。惚れ直したなら、今までよりさらに早くなるかもしれないな」

以和はふてくされたように言い放った。

「お、お前がテクニシャンなんだ、ってことにしときゃいいだろ。それも俺が気づいたことのひとつだ……ってことでいいよ、もう」

光至は声を上げて笑い、謝る代わりに以和の額や鼻、頬……とキスを落とした。唇へのキスは回数が増すうちに柔らかなものから深いものへと移り、まるでこれからセックスが始まるかのように熱を帯びていく。以和は続けたい気持ちを抑え、唇を離した。

「素直になったついでに言っておくけど……」

「何だ？」

物足りないのか、光至はやや不満げに聞いた。

「一緒に……暮らしたいな。まあ、今も似たようなもんだけどさ」

「以和……」

「実際問題、この辺じゃ難しいよな。俺ら、顔知られまくってるし……一緒に住んだら、何言われるか——でも、考えといて。俺もない知恵絞ってみっから」

そこまで言うと、以和は照れ隠しに咳払いをした。

「あのさ、これは……お前が気づいてるかどうかわかんねえから言うけど、俺って結構、甘ったれなんだ。ベタベタ、イチャイチャすんのが嫌いじゃないっていうか……それで、つきあった女の子にはいつも『もっと男らしいと思ってたのに、意外に鬱陶《うっとう》しい』とかって言われて——」

「俺は構わない」

言葉を遮り、光至はきっぱり言った。

「甘ったれもイチャイチャも好物だ」

「そ……っか。それなら……いいや。あ、そういえば、もうひとつ——」

以和は貯金のことを思い出し、あまりに額が多くてたまげたと告げた。冷蔵庫のことは大丈夫だから、気持ちだけもらって通帳と印鑑はそのまま返す、とも。

その上で光至に尋ねる。

「あの金……子どもの頃から貯めてたのか？」

「ああ……夢があったから」

「夢？　だったら、余計に手をつけられねえよ！　それを差し出してくれたのは、本当に嬉しいけどさ。でも……夢って何？」

光至は微笑むだけで答えなかった。

まるで、もう手に入ったから必要ないとでも言うかのように。

＊＊＊＊＊

「おかえりなさい。ご苦労さま」

ドアを開けると、以和がエプロン姿で立っていた。光至は持っていたブリーフケースを差し出す。それを受け取り、以和は尋ねた。

「飯にする？　風呂？　それとも、俺？」

光至は黙ったまま、手を伸ばして以和の頬に触れた。軽くキスをし、以和はうなずく。

「……だと思った」

以和はブリーフケースを大理石のテーブルに置くと、ごく自然に光至の前にひざまずいた。躊躇《ちゅうちょ》することなく光至のベルトに手をかけ、素早くズボンを下ろす。

「もう、こんなに……いつから？」

以和は潤《うる》んだ目で盛り上がったボクサーショーツの前を見つめ、ため息を漏らす。エントランスを入った辺りから……と光至が正直に答えると、以和はくすっと笑った。視線も指の動きも声音も、やけに艶《なまめ》かしい。

「……しゃぶってもいいか？」

返事を待たず、以和はボクサーショーツを引っ張った。舌舐めずりをすると、飛び出したモノを飲み込むべく唇を開き――。

「光至……光至、起きろって！」

顔の上に以和の顔があった。

おかしいぞ、確か俺の下半身に……と思ったところで、光至は自分がベッドに横になっていることに気づいた。

「もう昼だぞ。飯食って帰れよ。俺は休みだけど、お前は仕事あんだからよ……」

不機嫌そうに言うと、以和はジーンズに包まれた形のいい尻をこちらに向け、台所に立った。夢のようなシチュエーションは、まさしく夢だったらしい。

昨夜、光至は仕事を終えてからいつものようにこの部屋に来て、いつものように以和と抱きあった。翌日——つまり今日は木曜で「太子屋」が休みだからと、そのまま泊まったことを思い出す。

大理石のテーブルなどどこにもなく、以和がリサイクルショップで買い求めたちゃぶ台には焼き穴子と湯気の立つ白い飯が載っている。これはこれで悪くないが、瀟洒《しょうしゃ》な愛の巣に甲斐甲斐《かいがい》しくもエロい妻——いい夢だったのにな……とがっかりしている光至を振り返り、以和が言った。

「あ、お前の湯のみ買っといた」

ほら、と右手に持ったそれを見せる。左手には、右と色違いの同じ湯のみがあった。

「ついでだから、俺も揃いで買った」

「……そうか」

雲ひとつない晴天のような笑顔を浮かべている以和を見て、光至は洗面所へ向かった。

東テレ局内で以和、牧田と三つ巴《みともえ》になってから一カ月が過ぎていた。牧田との間に何があったのか、以和は依然として詳しく話そうとしない。ただ、あれからドラマ絡みの圧力がかかることはなく、先週、無事に制作記者会見が行われた。琢己も父親がようやく職場復帰を果たしたとかで、以前のように頻繁に「ななつのこ商店街」に姿を見せることはなくなり、牧田との関わりも自然と薄くなった。

そんなこんなで、光至のほうからも以和に深く追求するのはやめた。以和の全身からハートマークがオーラのように出ているので、そちらの対処で手一杯というのもあったのだが。

「あ、そうだ。今朝『ハッピーテリア』で牧田さんのドラマ情報流してたんだけどさ、お前も出るんだって?」

揃いの湯のみに緑茶を注ぎながら、以和が尋ねた。光至は思わず、箸を持つ手を止める。

それは事実だった。出演と言っても、劇中に流れるテレビの映像の中でアナウンサー・日高光至としてニュースを読むだけである。誰が決めたのか知らないが、宮仕えの身でノーと言えないのが辛かった。オンエアまで黙っていようと思ったが、社員ということで情報垂れ流しなのも辛い。

「仕事だからな」

そっけなく返すと、以和はうっとりと宙を見つめた。

「すげえなあ……ちゃんと録画するからな! あ、でも、きっとそのうちDVDとかも出るよな」

どうやら牧田のことは、頭の片隅にすら残っていないようだ。単純といえば単純だが、これが以和のいいところだった。

「ＤＶＤ出たら、牧田さんにサインもらおうっと」

光至は再び箸を持つ手を止め、自分の誤解に気づいた。残っていないのではなく、これまでと違う引出しに牧田を入れたらしい。これが以和の……以和の——。

「おい、あの男と関わるなっつってんだろうが」

「えー、でも、昨日も会ったぜ？」

以和は溶いた卵をご飯の上にかけ、こともなげに言った。

「……何だって？」

「スナック『かぐら』の前で偶然会って、あいさつしただけ……って、怖い顔すんなよ。しょうがねえじゃん、近所に住んでるんだからよ」

以和のハートマークにほだされて、今のままの暮らしに安穏《あんのん》としているのはまずい、と光至は思った。人は恋をするとフェロモンが増す。こんな以和でも、だ。妙な虫があちこちから寄ってきても、本人に危機感がなければ予防も撃退もできない。

贅沢は言わない。ここからほんの少し離れた場所でいい。隣駅でもいいのだ。以和の父親の捻挫も癒《い》えたことだし、この機会に貯金を頭金にしてマンションを……ああ、しかし、そこにも牧田のような男がいないとは限らない——クソ、きりがない。

「……おかわりは？」

「いや、いい」

光至は首を振り、箸を置いた。

光至にとって現実逃避ほど忌《い》むべきものはない。

(飯にする？　風呂？　それとも、俺？)

だが砂糖菓子のように甘い夢の続きのほうが現実より勝る、なんてことがあるだろうか。

いや、そんなのはおかしい。断じて許せない。

「俺のは？」

光至の問いに、以和はいぶかしげに首を傾げる。

「うん？」

「俺のサインは要らないのか？」

世界中の人間から「お前の言動はバカげている」と嘲笑されても構わない、と光至は思った。俺は俺が思い描く夢のすべてを現実にしていくのだ。

「な……何言ってんだよ、要るわけねえだろ！　だってお前……毎晩、俺の身体にマーキングしまくりじゃねえかよ。それに――」

以和は顔を真っ赤にすると視線を背けた。

「お前にサインもらうとしたら……婚姻届以外にねえだろ。だから別に……」

「以和……」

「あーもう、早く食えよ！」

叩きつけるように言い、以和はすごい勢いで卵かけご飯をかき込み始めた。

やはり、と光至はうなずいた。俺の夢は、確かに現実と地続きだ。

「愛してるぞ、以和」

あとがき

こんにちは、もしくは、はじめまして。鳩村《はとむら》衣杏《いあん》です。この度は『愛の言葉を覚えているかい』を手に取っていただき、ありがとうございます。

本作は雑誌「小説ビーボーイ」（リブレ出版）掲載作に、書き下ろし『夢の続きを～』を加えたものです。

表題作の執筆は四年前。改めて読んでみると商店街、若旦那、後継ぎ等々、後の作品にも登場する設定や単語が多く、懐《なつ》かしくも嬉しい反面、至らない表現も多く、穴があったら入りたくなりました（まだまだ精進《しょうじん》中）。思い切り手を入れたい衝動に駆られましたが、当時の「勢い」のようなものも残っており、それを殺《そ》いでしまうのもつまらないかも――と悩んだ挙句《あげく》、最小限の手直しにとどめることにしました。楽しんでいただければ嬉しいです。ちなみに「以和《いわ》」は知人の名前です。由来もまるっと借りました。

それから、ガッシュさんで出していただくのだから……と、舞台も『エレベーターで君のところまで。』（ガッシュ文庫）の「ななつのこ商店街」へお引っ越し。せっかくなので大《おお》庭《ば》と珠紀《たまき》も出してみました。興味がある方はぜひ読んでみてください。

お礼を少し。

挿絵の小山田《おやまだ》あみさん。原稿が遅くなり、大変ご迷惑をおかけしました。にもかかわらず、男の色気ムンムンの光至《こうし》と以和を描いていただき、心から感謝しております。もともと「攻め×攻め」を目指して書かせてもらった話でしたので、ふたりのガタイのよさにうっとりしました。本当にありがとうございました。

担当Mさんには、今回も目一杯甘えてしまいました。この場を借りてお礼申し上げます。また、リブレ出版の編集部様にもお世話になりました。

そして誰よりも、読者の皆さん。雑誌掲載されたまま眠っていた作品を文庫という形で皆さんのお手元に届けることができ、とても嬉しいです。実現できたのは皆さんの応援のおかげです。本当にありがとうございます。がんばりますので、これからもよろしくお願いいたします。ご感想・ご意見・リクエストなどはガッシュ編集部、またはブログ経由でお気軽にお寄せください。

最後に、小説の神様に。これからも降りてきてくれますように。

二〇〇八年　涼暮　　鳩村衣杏

※本編指定で光至さんのハダカがなかったので
なぜかカラダ自慢をするふたり

KAIOHSHA ガッシュ文庫

愛の言葉を覚えているかい
（リブレ出版　小説b-Boy2004年5月号）
夢の続きを見たくはないかい
（書き下ろし）

愛の言葉を覚えているかい
2008年8月10日初版第一刷発行

著　者■鳩村衣杏
発行人■角谷　治
発行所■株式会社 海王社
〒102-8405
東京都千代田区一番町29-6
TEL.03(3222)5119(編集部)
TEL.03(3222)3744(出版営業部)
http://www.kaiohsha.com
印　刷■図書印刷株式会社
ISBN978-4-87724-935-9

鳩村衣杏先生・小山田あみ先生へのご感想・ファンレターは
〒102-8405 東京都千代田区一番町29-6
(株)海王社 ガッシュ文庫編集部気付でお送り下さい。